小説 JUMP j BOOKS

ワンピース
ONE PIECE
麦わらストーリーズ

尾田栄一郎
大崎知仁

novel

◉サンジ
"オールブルー"を
探し求めるコック。
◉ニコ・ロビン
考古学者で
『ハナハナの実』の能力者。
◉フランキー
サニー号を造った
サイボーグの船大工。

Character・登場人物
◉ブルック
『ヨミヨミの実』で
復活した音楽家。
◉ウソップ
ウソとハッタリ、
発明が得意な狙撃手。
◉ナミ
航海士。夢は
世界地図を作ること。
◉モンキー・D・ルフィ
海賊王を目指す船長。
『ゴムゴムの実』の能力者。
◉トニートニー・チョッパー
『ヒトヒトの実』を食べた
人間トナカイの船医。
◉ロロノア・ゾロ
世界一の大剣豪を目指す
三刀流の剣士。

Contents

ONE PIECE《ワンピース》 novel
麦わらストーリーズ

ドドーン!!!
〝偉大なる航路《グランドライン》〟
「海軍本部《マリンフォード》」
緊張《きんちょう》を解《と》くな!!!
何《なに》が起《お》きてもあと3時間《じかん》!!
ワー
ウォー
ワー
海軍
ドドドドドド!!
来《く》るな!!ルフィ〜〜〜!!!
わあああああああ

マリンフォードの〝兄弟〟

あの日――ポートガス・D・エースの公開処刑の日。

マリンフォードに召集された、およそ十万の海兵のなかに、おれたち兄弟もいた。

ルフィとエース。そして、おれたち兄弟。

あの日のマリンフォードで、二組の兄弟は、まったくの正反対だった――

1

海軍本部前広場。

巨大なカモメと「海軍」の二文字が大書《たいしょ》された城壁を背に、ポートガス・D・エースは処刑の刻《とき》を待っていた。

港全体を埋《う》め尽《つ》くす数万の精鋭《せいえい》海兵と、湾の内外に展開する五十隻《せき》の軍艦。

エースのひざまずく処刑台の直下には、海軍本部〝最高戦力〟の三大将が陣取り、港に面した最前列には王下七武海《おうかしちぶかい》の五人が居並《いなら》んでいる。

集められた戦力の規模が、これから迎え撃つ「白ひげ海賊団」の強大さを物語っていた。

「正義」のコートがひしめく広場の、海軍本部から見て左寄りに位置する隊に、おれは編入されていた。

「緊張を解くな!!! 何が起きてもあと3時間!! そこで全《すべ》てが終わる!!!」

巨人族の中将――ジョン・ジャイアントが雷鳴のような声で叱咤《しった》し、おれたち海兵も剣を高々と突き上げて雄叫《おたけ》びで応《こた》えた。

兵の士気は高く、統率《とうそつ》も行き届いているように感じられた。

――あとは心を乱さず、冷静に敵と相対《あいたい》することだ……。

おれは剣を腰に戻すと、静かに深呼吸し、精神の統一に努《つと》めようとした。

あまり聞きたくない声が後方から耳に届いたのは、ちょうどそのときだった。

「億超えの海賊だろうと、能力者だろうとおれは退《ひ》かねえ。絶対に討《う》ち取《と》ってみせるぜ!」

振り返らずともそれが弟の声だとおれにはわかった。

――馬鹿が。黙って戦いを待てないのか。

軽薄な弟の声に精神統一を邪魔され、おれは思わず舌打ちをもらした。

数週間前、おれと弟は、勤務地である〝西の海《ウエストブルー》〟の支部で、このマリンフォードへの召集命令を受け取っていた。

エースの公開処刑。となれば当然白ひげが奪還《だっかん》に現れる。それを迎え撃つという任務だった。手練《てだ》れの海兵でなければ務《つと》まらず、召集は名誉なこととともいえた。

だが、召集を受け、おれは誇らしさよりも恐れのほうを強く感じた。現時点で世界最強と位置づけられる白ひげと、海軍の最高戦力がまともにぶつかるのだ。命を落とす確率は、過去に経験したどの任務よりも高いはずだった。

弟はしかし、この召集を無邪気に喜んでいた。

「誰でもいいってわけじゃない。実績と実力がないと呼ばれない現場だ。これって本部がおれの力を評価してるってことだよな、兄ちゃん」

支部にあるおれの執務室《しつむ》を訪《おとず》れ、弟はそううそぶいた。

「兄ちゃんじゃない。中佐と呼べと何度いったらわかるんだ。おれとお前は上官と部下だ」

弟の軽薄さが昔から嫌いだった。それなりの実力はあるのだが、必要以上にそれを大きく見せようと虚勢を張るところがある。海軍の正義を背負うには、兄の目から見てあまりにも軽い男だった。

召集は辞退したらどうだ。お前なんかが行っても、どうせ命を落とすだけだ。よっぽどそういってやろうかと思った。だが、やめておいた。死ぬなら死ぬで、それまでの男だったというだけだ。

もともと血のつながりのない弟だった。父親の再婚相手の連れ子だったのだ。歳《とし》は五つ離れており、子どもの頃は一つ屋根の下で暮らしていたが、その頃からなじめない相手だった。

おれはかぶりを振り、弟の存在を意識から追い払った。

——戦いに集中せねば。

これから始まる戦いは、おそらく未曾有《みぞう》、空前絶後のものとなるはずだ……。

2

予想通り、いや予想を覆《くつがえ》してというべきか、戦闘の規模と様相《ようそう》はとてつもないものになった。

白ひげが津波を起こし、青キジがそれを一瞬で凍《こお》らせ、鷹《たか》の目《め》の斬撃《ざんげき》が氷の海を断《た》ち割《わ》って走れば、それを〝ダイヤモンド〟・ジョズが受け止める。

氷の矛《ほこ》が降り、光の礫《つぶて》が降り、小島のような氷塊《ひょうかい》が降り、マグマが降った。

その日、マリンフォードで起きていたことは、戦闘というより、もはや天変地異の連続といってもよかった。

そして、降ってきたものは、まだあった。

麦わらも降ってきた——

いいいいいいいいいい

「エ〰〰ス〰〰〰〰〰!!! ……!!! やっと会えたァ!!!」


破格のルーキーは、登場の仕方も破格だった。

インペルダウンの囚人たちを引き連れ、軍艦とともに戦地のど真ん中に落下してきたのだ。

「なんで麦わらが!?」

「インペルダウンにいたんじゃないのか!?」

「お、おい！　一緒にいる連中、見てみろよ！」

驚愕《きょうがく》が戦地に広がっていく。

麦わらがどうやってインペルダウンの鉄壁の牢獄《ろうごく》を突破したのかはわからない。だが、やつがここに来た理由は明白だった。兄を救いに来たのだ。

湾内ではすでにいたるところで白ひげ海賊団と海兵の白兵戦《はくへいせん》が繰《く》り広《ひろ》げられていた。ルフィとインペルダウンの囚人たちがそこに放り込まれたことで、戦場の混沌《こんとん》に拍車《はくしゃ》がかかった。

「来るな!!　ルフィ〰〰〰!!!」

処刑台からエースが叫ぶ。

「帰れよルフィ!!!!　なぜ来たんだ!!!」

なぜと問われたルフィの返事はこうだった。

「おれは、弟だ!!!!」

3

ルフィは兄の救出に全身全霊を捧《ささ》げていた。

少将や中将といった上級将校の技《わざ》を食らいながら、あるいはかわしながら、ルフィは処刑台を目指《めざ》して駆けていく。七武海のモリアや鷹の目に行く手を阻《はば》まれながらも、仲間の助けを借りてそこを突破し、エースのいる場所へと向かっていく。

ついに三大将と同時に対峙《たいじ》することになっても、ルフィの意志は挫《くじ》けることがなかった。

「エースは返して貰《もら》うぞ〰〰っ!!!」


——なぜだ……？

白兵戦のただなかで剣を振るい、目の前に現れる海賊を次々に斬《き》り伏《ふ》せながら、おれは心で呟《つぶや》いていた。

相手は大将だ。七武海だ。対峙することが即《すなわ》ち、死を意味する相手といってもいい。それなのにやつは逃げない。エースの奪還をあきらめない。それが失敗するとはみじんも思っていない。

――なぜだ。

――血のつながらない兄のために、なぜそこまで……?

ルフィの行動は、おれの理解を超えていた。ゴムのように伸びる手足よりも、その執念《しゅうねん》のほうがおれには奇異だった。

4

「……兄ちゃん!」

不意に戦場で声がした。

怒号《どごう》や砲声をくぐり抜けて、それが耳に届いたのは、やはり嫌ってはいても弟の声だったからだろう。

声のしたほうへ視線を飛ばすと、土埃《つちぼこり》の向こうで、弟が数人の海賊に囲《かこ》まれているのが見えた。相手の振るう剣と、かろうじて切り結んではいるが、かなりの手傷を負っているようだ。劣勢のなか、兄の姿を見つけ、思わず助けを求めたのだろう。

「た、助け――！」

――馬鹿が！

おれは舌打ちした。いわないことじゃない。覚悟もなく、粋《いき》がって死地に赴《おもむ》くから、結局こういうことになるのだ。

「兄ちゃ――」

――兄ちゃんじゃない！　中佐と呼べといってるだろうが！

助けるつもりはなかった。おれは自分の戦いに集中するため、弟から視線を外《はず》した。

兄ちゃん！　と、すがるような声がまた聞こえた。

――知るか。死ぬなら死ね。

愛した弟じゃない。本当の兄弟じゃない。それにこっちも大変なんだ。おれは目の前の海賊を斬った。一人、また一人……。


〝おれは、弟だ!!!!〟

〝死んでも助けるぞォオ!!!〟

——くそっ、なんでだ……！

なぜか麦わらの声が耳に蘇《よみがえ》り、おれの剣の勢いを鈍《にぶ》らせた。

「助けてくれ、兄ちゃん！」

また弟の声。

——うるさい、中佐と呼べ！　お前は死ね！

俺は必死で剣を振るい、戦いに没頭《ぼっとう》しようとした。

これでいいんだ。間違っていない。自分にそういい聞かせる。

ルフィとエース。おれたち兄弟。

海賊の兄弟。海兵の兄弟。

まったくの正反対だ。

かたや弟が兄を救おうとしているのに対し、こちらは兄が弟を見殺しにしようとしている。

来るなという兄のもとへ弟は駆けつけようとし、助けてと叫ぶ弟の声を兄が黙殺しようとしている。

反対だ。正反対だ。だが、それでいい。海賊と海兵だ。反対でいい。助けなくていい。

「兄ちゃん!!」

反対で——だけど、おれは剣を振り上げて、弟のもとへ駆けだした。

「うおおおおお!!!」

——だけど、愛は一緒だ!

駆けながら、脳裏《のうり》に昔の映像が蘇る。

親の都合でともに暮らすことになった、血のつながらない弟。おれはずっと苦手《にがて》に思っていたが、その弟はしょっちゅう兄にまとわりついては一緒に遊びたがった。

——おれと同じ服を着たがり、おれの読んでいる本を読みたがり、そしてとうとうお前は……。

〝おれ、兄ちゃんと同じ、海軍に入るよ!〟

土埃の向こう、弟の手から剣が弾《はじ》け飛《と》ぶのが見えた。尻《しり》もちをつく弟に、巨漢《きよかん》の海賊が巨大なサーベルを振り下ろす。

おれは弟の前に滑《すべ》り込《こ》んだ。左手を剣の峰《みね》に添え、両手でサーベルを受け止めた。目の前で火花が散り、重たい衝撃が両肩を押さえつけた。

「兄ちゃん!!」

半泣きの弟が叫んだ。

「中佐と呼べ、馬鹿！　さっさと剣を拾って立て！」

おれは叫び返すと、サーベルをはね上げ、海賊の懐《ふところ》に一太刀《ひとたち》浴びせた。その一撃で海賊の巨体はどさりと地に倒れた。

「いいか！　お前のような馬鹿で弱いやつは、帰って説教だ！　だから——死ぬな!!」

おれは背中で弟を怒鳴《どな》りつけた。

「はいっ!!　……中佐ァ!!」

弟が絶叫でそう返し、あとはもう兄も弟も斬り合いのなかに身を投じていった。

5

戦局はその後も苛烈《かれつ》を極《きわ》めた。

能力者も、そうでない者も、技の限り、死力の限りを尽くし、処刑台のエースを奪《うば》おうとあがき、またそれを阻もうと奮戦した。

そんななか、無謀《むぼう》としか思えなかったルフィの突進が〝仲間〟の援護により結実する。

満身創痍《まんしんそうい》の弟が、とうとう処刑台の兄のもとに辿《たど》り着《つ》き、その拘束《こうそく》を解くことに成功したのである。

だが――

運命は、エースが生きてマリンフォードの地から出ることを許さなかった。

大将サカズキの拳《こぶし》が、エースの体を貫《つらぬ》いたのである。弟に襲いかかったマグマの拳を、兄が盾《たて》となってその身に受けた。

弟の腕のなかで、兄――ポートガス・D・エースは死亡した……。

白ひげの暴走と、海軍本部の崩壊《ほうかい》、黒ひげの登場と、白ひげの死、そして赤髪《あかがみ》の介入《かいにゅう》――エースが命を落としたあとも、マリンフォードの地には畳《たた》みかけるように〝事件〟が出来《しゅつたい》した。

それらの〝事件〟が今後どういう意味を持つのか、正直なところおれにはわからない。

もとより一介《いっかい》の将校の考えが及ぶようなものでもないだろう。

このマリンフォードの決戦において、一介の将校のおれにいえることがあるとすれば、それは一つだけだ。

おれと弟は生きて帰ることができた——

6

執務室のドアがノックされ、応えると、弟がおずおずと顔を出した。

デスクのおれに敬礼したあと、弟はいった。

「あの、兄ちゃ——いや、中佐、あのときは助けていただいて、ありがとう、ございました……」

あの決戦の日から、一か月が過ぎていた。

戦闘が終わったあと、おれも弟も別の病院で傷の治療を受けていたため、今日《きょう》まで落ち着いて話す機会はなかった。

改めて礼を述べる弟に、

「いいんだ」

おれは言葉少なにいった。

兄を救わんとするルフィの姿、そしてルフィの声を思い出さなかったら、おれは弟を見殺しにしていたかもしれない。もしそうしていたら一生後悔していただろう。そういう意味では、ルフィという男は恩人ともいえる。

その恩人は、先週、マリンフォードにおいて「16点鐘《てんしょう》」を鳴らし、新時代の幕開《まくあ》きを告《つ》げていた。兄の死に心を折られることなく、いまだ海賊王への道はあきらめていない、ということなのだろう。

「訓練だ」

おれはいった。弟が面食らったように、え、と声を出す。

「あのときの礼は、もういい。それよりも訓練だ。おれたちは、もっと強くならなきゃいかん」

——おれたちの恩人を追いかけるためにもな……。

「はいっ！　中佐！」

敬礼する弟は、どこか嬉《うれ》しそうだった。口の端《はし》に笑《え》みが滲《にじ》んでいる。

——馬鹿が……。

おれは内心で舌打ちした。そういうところが甘いといってるんだ。

だが、いい。その笑いが一瞬でかき消えるような訓練にしてやるからな。

「走れ！」

おれは弟をどやしつけた。

〝一大《いちだい》・三千《さんぜん》・
大千《だいせん》・世界《せかい》〟!!!!
ド
!!?
ン!!
!!?
さて 運命《うんめい》よ……あの次世代《じせだい》の申《もう》し子《ご》の命《いのち》
チャキ
お初《はつ》に〝鷹《たか》の目《め》のミホーク〟
ギギギ…!!!
おれを知ってんのかい
知《し》らん方《ほう》がおかしかろう……

剣豪談義、丁々発止

1

酒場に、三人の海兵が入ってきた。

ドレスローザの中心街にある酒場である。

〝天夜叉《てんやしゃ》〟ドフラミンゴが麦わらのルフィに打ち倒されたのが、ほんの二日前。街《まち》はまだ至《いた》るところに戦闘の名残《なごり》をとどめていたが、国民の表情は明るかった。

国を覆《おお》っていた「鳥カゴ」は破壊され、国民は大空に羽ばたく自由を得たのだ。

混み合う酒場に満ちる、陽気な話し声やグラスの音は、いうなればその羽ばたきの音が姿を変えたものなのかもしれなかった。

さて——店に入った三人の海兵。赤ら顔で、すでに出来上がっている様子《ようす》。ここに来る前に何杯かひっかけてきているらしい。

店は立ち呑《の》みのスタイルで、壁際《かべぎわ》にはずらりとワイン樽《だる》やビア樽が並んでいる。店内のあちこちにテーブル代わりの木箱が置かれているが、どこも客で埋《う》まっている。

「ウィ～、ヒック、こら相席《あいせき》だな」と、髭面《ひげづら》の海兵がいい、

「そうだな、うっぷ」と、小太りの海兵もいった。

「しょうがらいっすね」と、眼鏡《めがね》をかけた若い海兵もうなずく。

海兵たちは店内をざっと見回すと、客が一人しかいない木箱を見つけて、そこに近づいていった。

「ここ、いいかい？　兄ちゃん」

髭面の海兵が代表して声をかけると、上着のフードを目深《まぶか》にかぶった先客の男は、「いいぜ」とうなずいた。

通りかかった店員に酒を頼み、運ばれてきたジョッキを手にすると、先客の男もまじえて、まずは乾杯した。

一口飲んだあと、小太りの海兵が腹をさすりながらいった。

「うー、どうも最近は飲みすぎると腹の調子が悪いぜ」

「大丈夫っすか」と眼鏡の海兵が聞く。どうやら三人の上下関係は、階級的に髭面と小太りが同格で、眼鏡はその部下か後輩のようだ。

「冷えるんだよ、腹が。だから加減して飲まねェといけねェ」と小太りが続けた。

髭面が笑っていう。「だったら腹巻でもして飲みゃあいいんだよ。ほら、この兄ちゃんみたいによ」

見ると、フードの男は白いシャツに緑の腹巻を着けている。

「あんたも腹が冷えるのかい、酒飲むと」

小太りが聞いたが、フードの男は、「いいや」と言葉少なに返しただけだった。その男が、腰に三本も刀を差していることに今更《いまさら》のように気づき、小太りがいった。

「おお？　なんだいアンタ、そんなに、ヒック、たくさん刀持って。刀の行商《ぎようしよう》かい？」

「はは。なわけないっしょ」眼鏡がすぐに否定する。「商品を腰からぶら下げてる刀の行商なんて見たことないっすよ」

からんでくる赤ら顔の海兵にいらだったのだろう、フードの男は小さく舌打ちしたが、すっかり出来上がっている三人には聞こえていない。

「おい、刀で思い出したけどよぉ」と、髭面がいった。「ここに来る途中で出た話」

「おう、そうだった。その話、決着つけとかねェとな」と小太りが応じる。

「えー？　もういいじゃらいっすか」と、眼鏡がとりなすようにいったが、二人はやめなかった。

「よくねェよ」

「そうだ。よくねェ」

「いいか?」と髭面がいう。「最強の剣豪《けんごう》は〝鷹の目《たかのめ》〟のミホークだ。絶対にな」

すると小太りが首を横に振り、「いやいや、一番つえェ剣豪は、〝海賊狩り〟のロロノア・ゾロだ。異論は認めねェ」

「もう」と眼鏡が溜め息《たいき》をつく。「別にいいじゃらいっすか、どっちでも」

「そうはいくか」

「そうだよ。つーか、お前はどっちだと思うんだよ、世界最強の剣豪は」

小太りに聞かれ、眼鏡は腕を組む。

「うーん……どっち、なんすかねえ。おれはまだどっちとも決められないっつーか……その二人以外にいるような気も……」

「んだよ、煮え切《にき》らねェなあ」

髭面がいって乱暴にジョッキをあおると、フードの男が「よう」と声を出した。その口元はニヤついている。

「ずいぶん面白《おもしろ》そうな話じゃねェか。おれもまぜてくれよ」

2

お題は、「世界最強の剣豪は誰か？」

髭面はミホークを推《お》し、小太りはゾロだといい、眼鏡はまだ決めかねている。そこにフードの男が参加して、侃々諤々《かんかんがくがく》始まったわけだが——

「いいか？　ミホークしかいねェんだ」髭面が力説する。「おれぁ見たんだ。アイツが、マリンフォードの頂上戦争のとき、島ほどもある氷塊《ひょうかい》を一撃でズバッとぶった斬《ぎ》ったのを。あんな芸当、最強の剣豪じゃねェと絶対無理だろ」

「あのなあ」と小太りがかぶりを振る。「お前、一昨日《おととい》の戦い——ゾロと、ほらあのー、ドフラミンゴファミリーの、ほれ、ピーカ、あいつとの戦い見てねェのかよ。デカいもん斬ったってんなら、ピーカをぶった斬ったゾロのほうがすげェだろ」

「うん、確かにな」と大きくうなずいたのは、フードの男だった。「あのデカブツは厄介《やっかい》だった」

「いや、話には聞いてるよ。ピーカとゾロの戦いは」髭面が頭をかいていった。「けど、おれぁそんとき、別のエリアにいたからよ、実際に見たわけじゃねェんだよな」

「お前は、どう思うんだよ」と、小太りが眼鏡に水を向ける。「氷の塊《かたまり》を斬ったミホークか。ピーカを斬ったゾロか。どっちに一票なんだ？」

「うーん、どっち、なんすかねェ。まだどっちとも……」

「んだよ、煮え切らねェなあ」と、今度はフードの男がいらだたしげに酒をあおる。

「なんでアンタがいらついてんだよ」と眼鏡が口をとがらせる。

「じゃあさ」と髭面。「ミホークでもゾロでもないとしたら、お前は誰かいるのか？　そのー、対抗馬っちゅうか、第三候補っちゅうか」

「お、気になるねェ」とフードの男。

「そうっすねェ、誰かいるかなー……」酔眼《すいがん》で宙を眺《なが》めたあと、眼鏡が人差し指を立てた。

「あっ！　あいつはどうっすか、あの、白ひげの配下の……〝花剣《かけん》のビスタ〟！　確か二刀流で、ミホークにも一目《いちもく》置かれてるんですよね？」

「あー、はいはい、ビスタね」と髭面。

「マリンフォードでも、一瞬とはいえミホークと渡り合ったんでしょ？　あ、待てよ」眼鏡がさらに勢い込んでいう。「マリンフォードで思い出しましたけど、あいつ、〝赤髪《あかがみ》のシャンクス〟！　あいつも凄腕《すごうで》の剣豪なんすよね」

「らしいな」と小太り。

「ミホークのライバルらしいし、マリンフォードでも、びびらずにサカズキ大将と対峙《たいじ》したんでしょ？　シャンクス、最強じゃないっすか」

「や、けどよぉ、あのときシャンクスは別に剣でスゲーところを見せたわけじゃないからな」と髭面。

「そうだぜ。それにマリンフォードでいうならよ、海軍側にも、ヒック、活躍した剣士はいたんじゃねェか？　たとえば――」と小太りがいいかけると、

「待て待て」とフードの男が割って入った。「お前ら、マリンフォードマリンフォードって、マリンフォードの実績だけで検証すんなよ。ずりーぞ」

「ずるいってなんだよ」髭面が酒臭《さけくさ》い息でつっこむ。

「あ、や」フードの男は一瞬言葉に詰まる。「だから、その、ロロノア・ゾロはマリンフォードにゃ行けなかったんだからよ、公平さに欠《か》けるんじゃねェかって話だ」

「行けなかったってアンタ、なんだい、ゾロの事情にくわしいのかい？」小太りが聞くと、

「あー、ま、そうじゃねェけど……」フードの男は空咳《からぜき》をする。

「まあでも確かに、世界最強を決めようってんですから、広く世界を見渡す必要がありますよね。あっ、そうだ！」と、また眼鏡がなにかを思いつく。「あの剣豪どうっすか、ほら、ワノ国《くに》の侍《サムライ》！　……えーと、リョーマ？　じゃないリューマ！」

「リューマ？」と髭面。

「リューマ……あっ！」小太りは知っていたようだ。「あれか！　竜を斬ったとかいう、あの伝説の剣豪か」

「そうそう、それっす！　最強ってんならワノ国のリューマじゃないっすか？」

「んー、確かにアイツは強かったな」とフードの男がしみじみいう。「でも、強かったっていっても、あれは肉体がリューマで、中身はブルックの影だったから、ま、厳密にいやあ──」

「アンタ、なーにブツブツいってんだよ」小太りにいわれ、

「ん、や、なんでもねェ」とフードの男はジョッキをあおる。

「しかしなあ……」と髭面が腕を組む。「その、リューマってのはもう死んでるんだろう？　いくら強くてもよ、伝説になっちまってるやつは、ひとまず除外しとこうや」

「というかよ」小太りが眼鏡にいう。「現状、ミホークとゾロで決勝やってんだから、お前がどっちかに一票入れれば、話にケリはつくんだよ」

「えー？　めっちゃ大事じゃないっすか、おれの一票」

「おう、すげー大事だよ」フードの男がぎろりと鋭い視線を向ける。「だから心して投票しろよ」

「なにそれ、すげープレッシャーかけるじゃん……」眼鏡が鼻白《はなじろ》む。

「どっちだよ」と髭面。

「決めろよ、どっちかに」と小太り。

「う〜〜〜〜〜〜〜〜〜〜〜〜ん……」眼鏡は首をかしげ、拳《こぶし》で自分の額《ひたい》をごつごつと叩《たた》き、さらには天を仰《あお》ぎ、また額に拳を当てていった。

「じゃあ…………………ミホークに一票！」

「ああん⁉」フードの男がテーブルを叩いた。

3

「理由をいえよ、理由をよお！」フードの男が眼鏡に噛《か》みついた。

「確かに、おれも理由は気になるな」と髭面。

「ま、理由は……」と眼鏡。「見た目っすかね」

「ああん⁉」

「だからなんでアンタがキレるんだよ」

「見た目って……」と小太り。「手配書とか見る限り、ロロノア・ゾロはブサイクじゃないだろ。むしろ精悍《せいかん》なイケメンじゃねェか」

「ほら、こういう意見もあんぞ」とフードの男。

「や、別にブサイクってわけじゃないっすよ」眼鏡が弁解するようにいう。「ただ、ビジュアル的に、おれとしては、やっぱ腹巻ってナシだし……それに——」

と、そこで眼鏡はプッと吹き出し、くっくっと笑いだした。

「なにがおかしいんだよ」と髭面。

「や、すいません、くははっ……だってゾロって、ほら、髪の毛、緑色じゃないっすか。緑って、目に優しい色っすよね？　剣豪なのに……その、目に優しいって、なんか、ジワるなと思って……くくっ」

「ジワってんじゃねェよ！」フードの男が食ってかかる。「だったらショッキング・ピンクに染めてやろーか、ああん⁉」

「でも確かに、ジワるかも」と髭面までニヤつきだす。「目に優しい剣豪……うぐふふ」

「なにてめーまで笑ってんだ！」

「だーから、アンタが熱くなることないだろ」髭面はジョッキをあおり、さらに追加の酒を頼む。

「それに加えてっすよ」と眼鏡が続ける。エンジンがかかってきたのか、舌の回りもなめらかだ。「ロロノア・ゾロって三刀流でしょ？　おれ、遊びで一回試してみたことあるんすよ、三刀流」

「遊びでやってんじゃねーよ」フードの男がつっこむが、酔った海兵は気にしない。

「つーかね、あれ無理！」眼鏡がお手上げ、みたいに両手をあげる。「一本は口にくわえるっしょ？　あの、くわえるやつ、すげー疲れるんすから。アゴとか首の筋肉とか」

「てめーの鍛《きた》え方《かた》が足《た》んねーんだよ！」とフードの男。「三刀流は気合と根性だ！」

「まあでも……」髭面が真顔《まがお》でいう。「口にくわえるって、確かにいろいろ問題ありそうだよな。たとえば、技《わざ》の名前とかいいにくそうだし」

髭面はそういうと、自分の人差し指を横ぐわえにしていった。「もひひひ！」

「なんていったんすか？」と眼鏡。

指を外《はず》して、髭面がいう。「鬼斬《おにぎ》り！」

「全然いえてなかったっすよ！」眼鏡がつっこんで、だははと笑う。

調子に乗って、さらに髭面が同じやり方で続けた。

「おああい！」

「それは？」

「虎狩《とらが》り！」

「全然わかんないっすよ！　いえてないにもほどがありますよ！」

「ふぁん・えん・へふぁあい！」

「それはなんすか？」

「三《さん》・千《ぜん》・世《せ》・界《かい》！」

「わっかんねー！」眼鏡はテーブルを叩いて笑う。「つーか先輩、ミホーク推しの割に、ゾロの技くわしー！」

「てめーらよぉ……」

見ると、フードの男がぷるぷると体を震わせている。

「ずいぶんとロロノア・ゾロを面白おかしくイジってくれてんじゃねーか」

「いや、イジるっつーか、普通の人がやるとこうなるよっつーかさ……」

「決めた!!」と、そのとき突然小太りが叫んだ。

「な、なんだよ急に」と髭面。

「決めたって、なにをっすか」と眼鏡。

小太りがうなずいていう。「うん。いや、お前たちのやりとり聞いてて、おれ、考え変わった。おれも……ミホーク推しにする!!」

「いや、結果三対〇になってんじゃねーか!!!」

フードの男が吠《ほ》えた。

「てめーら、人がおとなしく聞いてりゃあ、いいたい放題いいやがって!」

「いや、そんなにおとなしく聞いてなかっただろ、アンタ」眼鏡がつっこむ。

「うるせえ! 大体お前まで鞍替《くらが》えしてんじゃねーよ」フードの男は小太りにいう。「せめてお前は貫《つらぬ》けよ、ロロノア推しをよ」

「しょうが、ヒック、ねェだろう」小太りがむっとした顔で返す。「おれもやっぱ、技名ちゃんといえる剣豪がいいし……」

「いえるんだよ、ロロノアは！　いえねェのは、てめーらが軟弱なアゴしてっからだろ！」

「つーかさぁ、あんた、さっきからなに一人で怒ってんだよ。ひょっとして、ゾロ推し？」眼鏡がいう。

「そういうわけじゃ……ねェけどよ」

「ふぁっふぁは、ほおほほはふひ……」

「だから先輩！　わかんないっすから、そのいい方じゃ！」眼鏡がギャハハと下品に笑う。

「だったら、そう怒らずによう」と、髭面がいい直す。「楽しく飲もうや。な？　今夜はおれたちのオゴリでいいからよ」

「そうそう！　ドレスローザも解放されたんだしさ、ハッピーに行こうぜ、ハッピーに」

眼鏡がなれなれしくフードの男の肩をバンバンどやしつけたのだが、「ん？」とその顔が訝《いぶか》しげな表情に変わる。「……つーかアンタ、密《ひそ》かに筋肉すごくない？」

「あら？　実はマッチョな行商人かよ」小太りがいって、ヘラヘラ笑う。

「おい――」フードの男がいって、自分の肩に置かれていた眼鏡の手を払った。「……ほんとに、今日《きょう》はおめーらのオゴリでいいんだな？」

その声は低く、凄味《すごみ》があった。が、男の声音《こわね》が変わったことに、酔っ払いたちは気づかない。

「だーから、いいっつってんだろぉ！　好きなだけ飲めよう」と髭面。

「そうかい。じゃあ……そうさせてもらうぜ」

フードの男がいった直後だった。

店のなかを一陣の風が駆け抜けた。その風で、酔った海兵たちの髪がふわりと揺れた。が、まだなにが起きたのかは三人とも――いや、店のなかの誰もわかっていない。

その数瞬後――

店内の壁際に並べられていた酒樽《さかだる》に異変が起きた、酒樽のふたに次々と亀裂《きれつ》が入り、弾《はじ》け飛《と》ぶように割れていったのだ。バンッ、バキンッ、バキャン――木のふたが派手に割れていく音と、店員や客のどよめきの声が店内に連鎖《れんさ》していく。

突然起こった不可解な現象に、呆然《ぼうぜん》とする海兵三人だったが、フードの男に顔を戻して、ぎょっとした。

フードの男が――口に剣をくわえているではないか。

剣をくわえたまま、男は店中に響《ひび》き渡《わた》るような大声でいった。

「聞け！　この店の飲んだくれども！　今のはドレスローザ解放を祝っての鏡開きだ！

せいぜいたらふく飲んでくれ！　なぁに、お代は心配しなくていい！　全部ここにいる海兵さんのオゴリだそうだ！」

剣を口にくわえていても、男の発音は実に明瞭《めいりょう》で聞き取りやすかった。

店内にわあっと歓声《かんせい》が上がるなか、三人の海兵はあんぐりと口を開《あ》けている。

「……オゴリで、いいんだよな？」

フードの男が念を押すと、三人の海兵は同時に、「……はい」

その返事にニヤリと笑《え》むと、フードの男は鮮《あざ》やかな動作で、口にくわえていた剣を鞘《さや》に戻した。その動作の途中、フードの縁《ふち》から一瞬見えたのは──緑色の短髪だった。

目を瞬《しばたた》かせ、うわずった声で海兵たちがいった。

「あのー、ひょっとして……」

「まさかとは思うんですが……」

「あなたは、本物の……？」

「おっと、野暮《やぼ》な詮索《せんさく》はなしだ」フードの男が薄く笑った。「おれはマッチョな刀の行商人──てことにして、今夜は飲もうや」

だが、海兵三人は蒼《あお》ざめたまま直立不動。ジョッキに手を出せないでいる。

「ん？　どうした、酔いが覚めちまったか？　そいつぁ、悪いことしたな」

男はぐいとジョッキをあおると、中身を干《ほ》してテーブルにどんと戻した。

「剣呑な夜はここまでだ。あとは……美味《うま》い酒飲むだけにしようぜ」

"偉大なる航路《グランドライン》" シャボンディ諸島《しょとう》——
——また "偉大なる航路《グランドライン》" 前半《ぜんはん》の海の
わい わい
サバイバルを 勝《か》ち抜いて来た 海賊達が この島に ぞくぞくと 集まってる
ガヤ ガヤ
うおー———!!! "麦《むぎ》わらのルフィ" 船長《せんちょう》の お出座《でま》しだァ!!!
しょうもねェ 海兵《かいへい》の 一匹《いっぴき》や二匹《にひき》 その辺《へん》に 捨《す》てておけ!!
ウォオオ オオオ~~~っ!!!
つまり!! おれが "海賊王《かいぞくおう》"に なった日《ひ》には
おめェらは "海賊王《かいぞくおう》の 船員《クルー》"!!!
ウォオオ オオ!!!
その為《ため》に お前《まえ》ら!! この先《さき》の冒険《ぼうけん》!!
おれの 手《て》となり 足《あし》となり!! 命《いのち》を賭《か》けて 戦《たたか》え!!!
ドォン!!!
ウォオオ オオ!!!
ご苦労《くろう》 了解《りょうかい》した 先《さき》に行《い》って 民間人《みんかんじん》を 避難《ひなん》させろ
はっ
海賊達《かいぞくたち》が 集《あつ》まるぞ!! 46番GR《ばんグローブ》!! 敵《てき》は"麦《むぎ》わらの 一味《いちみ》"!! 無法地帯《むほうちたい》へ 踏《ふ》み込《こ》む!!
戦闘準備《せんとうじゅんび》だ!!! 40 42 44番GR《ばんグローブ》 から 包囲網《ほういもう》を張《は》れ!!
MARINE
「G1《ジーワン》」からの 援軍《えんぐん》も直《じき》に!!
B43
そこまで だァ!!! 海賊共《かいぞくども》!!!
"麦《むぎ》わらの ルフィ 及《およ》び
ドドドド
WANTED
WANTED
DEAD OR ALIVE
MONKEY·D·LUFFY
SOGEKING
あんたら7人 全員の首に 賞金が!!!

会いに行ける航海士（一日限定）に会いに行ってきた！

1

アルビダ……ボア・ハンコック……ホワイティベイ……ジュエリー・ボニー……ニコ・ロビン……ナミ——そこでボクの手は止まる。

にやにやしながらボクが眺《なが》めているのは、美人海賊の手配書の束《たば》だ。毎日眺めても飽《あ》きないこのコレクションのなかで、ボクの累計《るいけい》鑑賞時間が一番長いのが、〝麦わらの一味〟の航海士、ナミさんだった。

とにかく可愛《かわい》い、超絶美人だ、絶対彼女にしたい、死ぬほどセクシー——どれだけ言葉を重《かさ》ねても足《た》りない。いっそこれら全部を意味する新しい言葉が発明されないだろうか、と思うほどに、ボクにとってナミさんの存在は大きかった。ボクの美人海賊ランキングの、不動の一位なのだった。

能力者じゃなくて、普通の女の子だってところもポイント高い。年齢も、ボクと同じ二十歳。あと、これはとても重要なのだけど、身長が一六九センチってところもいい。ボクは一七〇・二センチだから、ギリギリボクのほうが高いのだ（ま、ナミさんが、かかとの高い靴をはいたら、それまでなんだけど……）。

会いたいなあ、ナミさんに、と切実に思う。会いたい会いたい、本当に、心の底から。本物はさぞかし神々《こうごう》しく美しいんだろうなあ、と、にやけるのだった。

どうすれば会えるんだろう、と妄想《もうそう》することもしょっちゅうだった。たとえばボクが海賊になって海に出れば、いつか〝偉大なる航路《グランドライン》〟のどこかで会えるだろうか。あるいは逆に海軍に入って、麦わらの一味を追いかけていれば、そのうち巡《めぐ》り会《あ》えるだろうか。

でも——

無理だよな、と、いつも自嘲《じちょう》の笑いとともに、ボクはその妄想を閉じるのだった。

海賊になることも、海軍に入ることも、ボクなんかにできるはずがなかった。

食事とトイレと風呂。それ以外は本屋さんに行くときを除いて、ボクが自分の部屋を出ることはない。

学校にも行かず、仕事にもつかず、ボクはもう二年も自分の部屋に閉じこもった生活を続けている。

　どうしてこういう生活をするようになったのか、その理由は……みんなの想像にまかせる。簡単にいうと（本当は簡単にいえることじゃないんだけど）人間関係ってやつがちょっと怖《こわ》くなって、それで一度足を止めたら、もうそのまま歩きだすことができなくなって、結果、ボクは「世間」とか「社会」とか、そういうところから距離を置くようになってしまったのだ。

2

　この一、二年で、ボクの暮らすシャボンディ諸島の治安《ちあん》は悪くなった、といわれている。今までシャボンディ諸島の近くにあった海軍本部が、「G1《ジーワン》」という支部と場所を入れ替えたせいだ――と、いつだったか母親が教えてくれたが、実のところボクはそんな話に興味はなかった。

　少しくらい治安が悪くなったからって、ボクの外出の目的といえば、本屋さんに行くぐらいだし、海賊とかが出入りするようなGR《グローブ》には、はなから足を向けようとも思わない。

外出は本屋さんと自分の家の往復でいい。それができれば問題なし。じゅうぶん幸せ。

それでいい。

いや――

いいわけはない。

そんなことは、ボクだって本当はわかっている。わかっているけど、どうすれば自分の生活を変えられるのか、それがわからないのだ。焦《あせ》る。なにかしなきゃ。でも、その勇気がない。方法もわからない。

だからボクは、なにも感じないふりをして部屋に閉じこもる日々を続けていた。

そんなある日――

3

本屋さんの帰り道で、ボクは道端《みちばた》に落ちていた一枚のビラを何気《なにげ》なく拾った。

そのビラには、「仲間急募」と大きく書かれていた。ビラの中央にはドクロのマークがあり、その下には、「モンキー・D・ルフィ」と名前が入っている。

「モンキー・D・ルフィ⁉」ボクは思わず二度見してしまった。

ルフィって、麦わらの一味の船長じゃないか。

ビラの文言《もんごん》によると、ルフィ船長が、〝新世界〟に旅立つにあたって仲間を募集しているようだ。

ボクは家に帰ると、自分の部屋で、そのビラを何度も何度も読み返した。

今、このシャボンディ諸島に麦わらの一味がいる。てことは当然そこには、ナミさんもいるってことだ。ボクのいるこの場所と、地続きのところに、ナミさんがいる。

想像するだけで心臓がバクバクして、体温が上がる。

行ってみようかな、と、一ミリだけ思ってみたりもする。もちろん仲間になろうなんてつもりは毛頭なくて、ルフィ船長のいるところに行けばナミさんの顔を拝《おが》めるかも、と考えたのだ。直接話せなくてもいい、遠くから見られればそれでいい。本物のナミさんの近くに行ける、これは絶好のチャンスなんじゃないだろうか……。

でも――だけど――やっぱ無理だよなあ。

アイドルのコンサートに行くわけじゃない。仲間を求めている海賊のところに行こうというのだ。当然そこには海賊がウジャウジャいるはずだ。

ウジャウジャ？　海賊一人でも怖いのに？　そもそも本屋さんしか行かないボクが、海賊のたまる場所に行くって？　無理。一億パー無理。

だけど……ナミさん。嗚呼《ああ》、麗《うるわ》しのナミさん。手配書のような平面じゃなく、立体のナミさん。

この機会を逃《のが》せば、ボクがナミさんの近くに行けるチャンスはもう一生巡ってこないだろう。麦わらの一味が、シャボンディ諸島を出発してしまえば、もうそれまでなのだ。

会いたい、ナミさんに。

でも、会いたくない、怖い海賊には。

でも、会いたい、ナミさんに。

でも、会いたくない、怖い海賊には。

……ボクはその行ったり来たりを一億回繰《く》り返《かえ》した。

ガチャリ、とドアを開《あ》けたボクを、キッチンにいた母親が振り返った。

ボクのただならぬ形相《ぎょうそう》になにかを感じとったのか、母親は気圧《けお》されたような顔になった。

「で、出かけるのかい？」

「うん」

「本屋さん、かい？」

「いや」

ボクは大きく息を吸い込むと、宣言した。

「愛する人のところに行ってきますっ！」

4

……といっても、準備が必要だ。

海賊が集まっているところに行くのだから、ボクのいでたちも海賊っぽくしなきゃいけないだろう。

ということで、ボクはパーティーグッズを売っている店に行き、いろいろと購入《こうにゅう》した。

海賊なら、アイパッチをつけて、片手はフックにしないといけないよな。あとは海賊の船長っぽい帽子《ぼうし》と髭《ひげ》だ。

全部あった。売ってるもんなんだなあ。

パーティーグッズだから、本物と比《くら》べるとやっぱりショボい。それに、下半身は普通のジーンズとスニーカーだから統一感はゼロだ。でも、間に合わせの変装だから、これでよしとした。

パーティーグッズの店を出て、ボクは早くも疲れを感じていた。思えば、本屋さん以外でこんなに買い物をしたのはいつぶりだろう。

でも、ここで疲れている場合じゃない。麦わらの一味のいるところに行かないと。

ビラには、ある酒場の名前が記《しる》されていた。ボクが普段行こうとも思わない、あんまり治安のよろしくないGR《グローブ》にある酒場だ。

こええ……。

やっぱ帰ろうかな……。

だが、ここで帰ったら、この二年ぶりの「冒険」が、ただ不出来なコスプレをしただけで終わりになってしまう。

それじゃダメなんだ。

萎《な》えかけた意志を奮《ふる》い立《た》たせ、なけなしの勇気を総動員して、ボクはビラに書かれていた酒場に行ってみた。

が、そこに麦わらの一味らしき海賊は見当たらなかった。

というより、その酒場の様子《ようす》自体がおかしかった。まるで雷《かみなり》に打たれたかのように建物全体が黒く焦《こ》げてしまっているのだ。

えーと、これは、どうすればいいんだろう。中、入ってもいいのかな。

店の前では、生《は》え際《ぎわ》のだいぶ後退した、店主らしきおじさんが、焦げた木材を片づけている。ボクはおずおずと声をかけてみた。

「あのぅ、ここに来れば麦わらの一味がいるって聞いたんですけど……」

「麦わらの一味?」

おじさんがうるさそうにこちらを見た。よく見ると、おじさんも顔や服が煤《すす》けている。

「連中なら、もうここにはいねェよ」

「いない……」

「ああ、なんか、威勢のいいネーちゃんとモメてよ、そしたらいきなり店に雷が落ちて、このざまよ。まったく、どうなってんだよ、こりゃあ」

と、いわれても、ボクには一向《いっこう》に話が見えない。

「あの、どこに行ったのかも……？」

「さあな。知りたきゃ、そこら辺歩いてる海賊にでも聞いてみな」

え……？

カイゾクニ、キク？　ボクガ？

5

「麦わらの一味だぁ？」

顔の真ん中に大きくバッテンの傷跡《きずあと》のある男がボクをにらみつけた。その傷跡のせいで、そいつの顔は「凶」という字に見えるほどだ。

は、はい、そうです！　と、返しそうになったのをぐっとこらえて、ボクは、「お、おう」と必死で低い声を出した。

「それだったら46番GR《グローブ》に行きな。麦わらの一味に加わった連中は、今そこに集まってるらしいぜ」

「46番ですね……だな? あ、ありがとうござ……ござんす」

しどろもどろのボクを怪訝《けげん》そうに見ながらも、「凶」の字顔のそいつは仲間のいるテーブルへ戻っていった。

どっはあああ~、と、自分の体と同じくらいのサイズの息を吐くと、ボクはその場にしゃがみこんだ。

雷の落ちた酒場とは別の酒場に行き、そこで、いかにも海賊だろうな、という外見の相手に麦わらの一味の居場所を聞く、という過酷極《かこくきわ》まりないミッションを、ボクはたった今やりとげたところだった。

死ぬかと思った。緊張と恐怖で。体はもう汗まみれで、風呂にでも入ったのかというほどびしょ濡《ぬ》れだ。パーティーグッズの付け髭も汗でずり落ちてどこかにいってしまっていたが、そんなことに構《かま》っている余裕はなかった。

聞けた。聞けたよ、母さん。寿命を三年ぶんくらい消費したかもしれない。でも、麦わらの一味の居場所はわかった。

疲れた。もうヘトヘトだ。だけど、いつまでもへたりこんでいるわけにもいかない。

46番GR《グローブ》。そこに、ナミさんがいるのだ。

6

広場に海賊が集結していた。

何十人、いや、百人以上いるかもしれない。どいつもこいつも凶悪そうな面構《つらがま》えで、そばにいるだけで体力ゲージも気力ゲージも削《そ》がれていくのがわかった。

集団の中心に行く度胸はもちろんない。だからボクは、海賊の群れの端っこに、なんとな～く、遠慮がち～に、混ざっていた。誰もボクに話しかけてきませんように、と祈りながら。

海賊の群れの向こうには、半壊した石造《いしづく》りの建物があり、そこをステージ代わりにして数人の海賊がうろついているのが見える。

メンバーの雰囲気《ふんいき》からしてあれがきっと麦わらの一味だ。てことは、あのなかにナミさんがいる――と考えただけで、ボクの胸は高鳴って、頭はクラクラして、立っていられなくなる。

落ち着け。ここまで来たら大丈夫だ。しっかりと、この目にナミさんの姿を焼きつけるのだ。

でも、集団の最後方にいるボクの位置からでは、ステージはちょっと遠い。おまけにボクは近視気味だ。

逸《はや》る気持ちをおさえ、ボクはポケットから小型の双眼鏡を取り出そうとした。が、そこで右手にフックをはめていることを思い出した。この際いらねえ、とフックを捨てて、双眼鏡を取り出し、覗《のぞ》き込《こ》んだところで、今度はアイパッチをしていたことを思い出した。あーもう、と舌打ちしながらそれもかなぐり捨てる。そして改めて、ステージにいる麦わらの一味の姿を確認した。

ざっと見た感じ、ナミさんはいない。だが、焦るな。ステージの奥のほうに立っているのかもしれないし、落ち着いて一人ずつ確認していこう。

まずは麦わら帽の巨漢《きよかん》、当然あれが船長のルフィだろう。……なんか、手配書のイメージよりゴツいけど、まあいいや。

で、リーゼントのあいつが船大工《ふなだいく》の、えーと、フランキーか。仮面のあいつは、そげキングってやつだな。黒いスーツのあれは、黒足《くろあし》のサンジ。腰に刀を三本差してるやつはわかりやすい、ロロノア・ゾロだ。

で、あのでっかいリュックを背負った髭のやつは誰なんだろう？　チョッパーなわけないしなあ。ナミさんの姿は依然として確認できず、考古学者のニコ・ロビンの姿もない。え、ひょっとして、女性陣は別の場所にいるとか？　ガーン！　……おいおい、マジかよ、せっかくここまで辿《たど》り着《つ》いたってのに。落胆《らくたん》して双眼鏡を下ろしかけたところで——待てよ。

そういえば、向かって右端の人物を確認していなかった。小柄《こがら》だったからナミさんなわけはないと決めつけていたけど、一応はチェックしておいたほうがいいだろう。

というわけで、ボクはその人物に双眼鏡を向けてみる。と、気づいた。

あっ、あの人、髪の色、オレンジじゃん！　あっ！　しかも肩にタトゥーも！

ボクのテンションは一気に上昇に転じた。じゃあじゃあじゃあ、あの人がナミさんってことじゃん！　なんか小さく見えるのは、きっと遠近法的なアレのせいだろう。

でも、まだ顔が見えない。うつむき加減なのだ。ナミさん、お顔を！　そのご尊顔《そんがん》をボクに！

と、ボクの願いが通じたのか、ナミさんが顔を上げた。ボクはそれをしっかりと見た。見た。見た。

「……って、誰じゃお前はあああ!!」

その女は、髪の色とタトゥーこそナミさんと同じだったが、手配書のナミさんとは似ても似つかぬ顔面とスタイルをしていた。

双眼鏡の故障か、と思い、別の方向に向けてレンズの具合を確認するが、故障はしていない。

え? なにこれ? 誰あれ? え、ひょっとしてあの手配書の写真、バリバリ修正してたってこと? 本物はこれってこと!?

「ウソだろお!? ウソだといってくれええ!!」

ボクが絶叫していると、近くにいた海賊が肩を摑《つか》んできた。

「てめえ、さっきからうるせーぞ!」

だが、昂《たか》ぶっているボクはその海賊をにらみ返し、「さわんな! 殺すぞ!」

すいませんっ! と、そいつは後ずさっていく。

ボクは怒《いか》りで頭が真っ白になっていた。女神《めがみ》さまに会いに来たら、修正バリバリの女神サギだった!

廃墟《はいきょ》のステージでは、巨漢のルフィ船長がなにやら叫んでいる。『犯人の一人が早くも見つかった！　まずはこの男に思い知らせよう!!』とかなんとか。でも、もうルフィ船長の話など、どうでもよかった。ナミさんが、ナミさんじゃなかった。夢が打ち砕かれ、ボクは立ち直れないほどショックを受けていた。なんだよ、なんの仕打ちだよ、せっかく死ぬような思いでここまで来たのに――

「そこまでだァ!!!　海賊共《ども》!!!」

突然広場に怒鳴《どな》り声《ごえ》と銃声が響《ひび》き、ボクの思念は断《た》ち切《き》られた。

振り返ってボクは驚愕《きょうがく》した。

海兵、それも銃器で武装した大量の海兵が集結しているではないか。

「〝麦わらのルフィ〟及《およ》びその子分共!!!　大人《おとな》しく降伏《こうふく》しろォ!!!　この46番GR《グローブ》の出入り口は全《すべ》て封鎖《ふうさ》した!!!　貴様らにはもう逃げ場はないっ!!!」

うそーん!?

7

広場はいきなり大混乱に陥《おちい》った。

海賊と海兵の戦いが始まり、あちこちで銃声や剣の交《まじ》わる音が響き始めた。

「海賊共を討《う》ち取《と》れェ〰〰〰〰〰!!!」

違います！ 違います！ と、叫びながらボクは広場を走り回っていた。ボクは海賊じゃありませーん！ ただの、善良な、引きこもりでーす！

海兵に斬《き》られた海賊が足元に倒れてきて、ボクは悲鳴を上げた。ひいっ！

誰かが撃った弾丸がすぐそばの石を削《けず》って血《ち》の気《け》が引いた。ゾゾーッ！

くそっ、なんだよ、どっち行けばいいんだ？ 帰りたい、帰りたい、帰りたい！

やみくもに走り回っていたら、どこかから山みたいにでかい男が現れて、なんとそいつが口からレーザービームを発射した。ピュン！ ズム……!!!

なんだよぉ！ もうなんでもありかよぉ！

涙と鼻水とよだれと、その他いろんな汁でぐしょぐしょになりながら、ボクは逃《に》げ惑《まど》っていた。

死ぬ。死にたくない。くそ。やっぱりだ。外に出たって、ろくなことがない。こんなことなら部屋から出るんじゃなかった。帰りたいよ、あの部屋に。

土煙と地響きと血と悲鳴のなかを、ボクは死を覚悟する暇もないほど走りまくっていた。

そして目を疑うような展開は、レーザービームを放《はな》つ巨人だけにとどまらなかった。

麦わらのルフィが、巨大な斧《おの》を使う海兵に行く手を阻《はば》まれ、一撃のもとに倒されてしまったのだ。——「〝麦わら〟はおめェみてェなカスじゃねェよ‼‼」

いや、お前ニセモノだったんかい！

びっくりするのと同時に、でも安堵《あんど》もあった。つまり、あのステージにいた連中は全員ニセモノだったというわけだ。よかったー！　あの修正バリバリのナミさんが本物じゃなくて！

そして、びっくり「その2」。

あのデカいリュックの髭の人物が、なんと本物のルフィ船長だったのだ。

いや、本物もいたんかい！

そこへさらに本物のゾロとサンジも駆けつけて、本物が三人揃《そろ》うことになった。

でもって、本物三人はさっさと広場から逃亡を図《はか》る。

めまぐるしい展開に頭がついていかないが、逃げ出した三人を追って海兵たちが移動していったおかげで、広場の混乱状態が収束《しゅうそく》していった。

よかった。どうやら捕《つか》まることもなく家に帰れそうだ。

ボクはホッとして地面に膝《ひざ》をついた。船長の帽子も、逃げ回るうちにどこかに落としてしまっていたが、もう探すつもりもなかった。帰ろう、あの部屋に……。

「本物の麦わらの一味は42番GR《グローブ》にいる！　急行しろ！」

走っていく海兵からそんな言葉が聞こえた。

そうか、本物の麦わらの一味は、42番GR《グローブ》にいるのか……。

どうしようか、と思った。

いやいや、どうしようかって、と、内なるもう一人のボクがツッコミを入れる。そんなところに行ったって危険なだけだろ、海兵が大挙して向かっているんだぞ。行ってどうする。せっかく助かった命なんだぞ。

でも、行けば、そこには——

ボクは胸に手を当てた。まだ、走れるか？　と、聞いてみる。

走れる。

ボクは立ち上がった。

8

這《は》うようにして42番GR《グローブ》の入り江に辿り着いたとき、麦わらの船は海軍の砲撃を受けていた。砲弾がバンバン船の近くに落ちている。

ちょ！　やばいじゃん！　ナミさん！

でも、そこへ別の海賊船——二匹の大蛇《だいじゃ》が曳《ひ》いている船だ——が現れて、海軍の砲撃はひとまず止《や》んだ。

よかった、この隙《すき》に、とボクはマングローブの根を駆け下り、麦わらの船に近づいた。

といっても、また砲撃が始まって巻《ま》き添《ぞ》えを食うのも怖い。船から百メートルほど手前、いい感じに隆起《りゅうき》した根のかげに身を潜《ひそ》めて、ボクは双眼鏡を使った。

麦わらの船の甲板《かんぱん》に、本物のルフィ船長以下、乗組員が顔を揃えているようだ。

でも、ここに至《いた》っては、一人ずつ顔を確認するようなことはしなかった。そんなことをする前に、ボクの視線は一瞬で奪《うば》われていた。

オレンジのロングヘアーを揺らし、ビキニのトップスとジーンズをまとった女神——そう、ナミさんに！

●△％☆◆×●×％△◆☆●×％☆△◆!!!

言葉にならない感動がボクの全身を貫《つらぬ》いていた。

手配書をはるかに上回る美貌《びぼう》とスタイルだった。この世の「美」をすべて集めて結晶化したものがこちらになります！

ニコ・ロビンというもう一人の美女ももちろん視界には入っている。入ってはいるが、疲労困憊《こんぱい》のボクをここまで連れてきたのは、まぎれもなくナミさんへの執念《しゅうねん》だった。

美しい。可憐《かれん》だ。華《はな》がある。ありすぎる。彼女のいるそこだけが輝いて見える。ボクは溜《た》め息《いき》しか出なかった。

が、幸せな時間はそう長くは続かなかった。

麦わらの船が巨大なシャボンに包まれたのだ。それが海中を航行するための装置であることはボクも知っていた。

シャボンをまとった船の甲板で、ナミさんは乗組員にテキパキと指示を出しているようだった。海軍が迫《せま》っている状況のなかで、焦ったり怖がったりする様子もなく、しっかりと航海士としての務《つと》めを果たしている。

そうか、と、そこでボクは気がついた。

今あの場所でナミさんが輝いて見えるのは、その美貌のせいだけじゃない。ああやって、自分の果たすべき役目を懸命に果たそうとしているからなのだ。使命感、という言葉がボクの頭に浮かんだ。きっとそれが、ナミさんを内側から輝かせているのだ。

すごいよな、かっこいいよな、と、率直《そっちょく》に思えた。

それに比べてボクなんて、という卑屈《ひくつ》な感情は湧《わ》いてこなかった。

ボクがああやって輝ける場所も、この世界のどこかにあるのだろうか。あるといいな。

そんなことを思った。

長い間縮こまっていた心が楽になるのを感じていた。

潑剌《はつらつ》としたナミさんの姿が、ボクの胸に黒くわだかまっていたものを突《つ》き崩《くず》してくれたようだった。

麦わらの船が海中に沈み始めた。いよいよ出航のときが来たのだ。

ボクは双眼鏡を握る手に力をこめた。

最後の最後まで、ナミさんの姿を見続けようと思った。

船が海のなかに消えていく瞬間、ナミさんは甲板で拳《こぶし》を突き上げていた。その輝く笑顔をボクは一生忘れないだろう。

「ナミさん！　元気で！　ボクも……！　ボクも……！」

いつのまにか、ボクは涙を流していた。

麦わらの船が消えた海を、ボクはしばらく見つめ続けた。

目の周《まわ》りに、双眼鏡の痕《あと》をくっきりと残して。

9

玄関のドアを開けると、母親が待っていた。

顔や手足に擦《す》り傷《きず》をたくさんこしらえた息子《むすこ》を、母親は微笑《ほほえ》みで迎えてくれた。

「……おかえり」

「ただいま……」

「会えたのかい？　その」母親は言葉を選ぶ間をとった。「……愛する人には」

「うん……」ボクはうなずいた。

強く美しい航海士に、ボクは今日《きょう》会いに行った。

死ぬような思いもしたけれど、収穫は大きかった。いや、死ぬような思いをしたことも含めて今日の収穫なのだ。

「……母さん」

「なんだい」

「ボク……学校か仕事、探し始めてみるよ……」

「そう」母親は口元を手で覆《おお》った。「……ありがとう」

ボクは首を横に振った。お礼なら、ナミさんにいってよ。

チュン
チュン…
この仮面《かめん》カッコいいなー
ねんどで作《つく》ろうぜ!!
トン
あれ？カヤさんどこいくの!?

プロポーズ大作戦 in シロップ村

1

屋敷に出向くと、応対してくれたのは、羊《ひつじ》を思わせる風貌《ふうぼう》の執事だった。メリーと名乗ったその執事に、彼は、カヤお嬢様と結婚を前提にした交際を申し込みたい旨《むね》を告《つ》げ、

「カヤお嬢様にお会いしたいんですが……」

と、続けた。だが、メリーの返事は、

「申《もう》し訳《わけ》ございませんが、お嬢様はお勉強がお忙しく、お会いにはなれません」

というもの。予想していたことだから、彼にショックはなかった。

「では、これをお嬢様にお渡しいただけますか。僕からのプレゼントです」

彼は持っていた包みを差し出した。

「これは……?」

そこそこ持ち重りのする包みを手に、メリーはどこか不審《ふしん》そうな顔だった。

「医学書です」と、彼はいった。「割と有名な本なので、お嬢様は同じものをすでにお持ちかもしれませんが、学術的に評価の高い本です」

「医学書……」

中身がわかると、メリーの顔からは不審の色が消え、「へえ」という表情になった。

「それでは、また日を改めてお伺《うかが》いします」

彼はそういうと、一礼して玄関ホールを出ていった。


青年が去ったあと、メリーはしばらく玄関ホールにたたずんでいた。

珍しい青年だったな、という感想だった。

栗色《くりいろ》の髪を、見苦しくない程度に伸ばした、長身の青年だった。

カヤお嬢様に交際を申し込みに来る男のほとんどが、ギラギラしていて下心も丸見えで、取り次ぎを断《ことわ》ってもなかなか帰ろうとしないのに比《くら》べ、今の青年は拍子抜《ひょうしぬ》けするほどあっさりと引き下がった。

託されたプレゼントが、花束や宝飾品の類《たぐい》ではなく医学書というところも変わっている。

「どうしたの、メリー」

物思いにふけっていると、カヤに声をかけられた。

「あ、お嬢様。や、実は、例の如《ごと》くお嬢様目当てに現れた男がいたんですが――」

2

執事に医学書を渡して屋敷を出ると、彼は村のなかを散歩してみることにした。のどかな田舎《いなか》の風景は、見ているだけで心が落ち着いた。川のほとりを歩き、牧草地を眺《なが》め、畑仕事をしている人に、精が出ますね、と声をかけた。

陽《ひ》に灼《や》けた土の匂《にお》いを吸い込むと、身も心も健康になっていくようだ。

林のそばを通りかかったとき、ちょうどその林から三人の少年が出てくるところだった。屋敷で出会った執事は羊っぽかったが、この三人は野菜にたとえたくなる風貌だった。たまねぎ、ピーマン、にんじん、と、彼は心のなかで勝手にあだ名をつけた。

こんにちは、と彼が挨拶《あいさつ》すると、向こうも、こんにちは、と返してくる。

「お兄さん、この村の人じゃないね」ピーマンがいった。

「うん、違うよ」

「シロップ村に、なにか用なの？」にんじんが聞いた。

「うん、向こうの大きなお屋敷に住んでるカヤさんを知ってるだろ？　あの人にお付き合いを申し込みに来たんだよ」

「カヤさんに？」たまねぎが声を高くした。

「うん。でも、会えなかったんだけどね」

「そりゃそうさ！　カヤさんは今、医者になるために猛勉強中なんだから」と、ピーマン。

「そうらしいね」

「それに、カヤさんには好きな人がいるんだからな。あんたが出る幕はないよ」これはにんじん。

「好きな人？」それは知らなかった。「誰だい？」

「キャプテン・ウソップさ」たまねぎが胸を張った。「この村出身の海賊で、今は〝麦わらの一味〟の狙撃手《そげきしゅ》なんだ」

「海軍がつけた賞金額は、なんと二億ベリー！」と、ピーマンが指を二本立てる。

「二つ名は、〝ゴッド〟ウソップさ！」と、にんじん。

「〝ゴッド〟ウソップ、二億ベリー……」彼は少したじろいだ。「なんだか、すごくゴツそうなイメージだけど、カヤさんはそういう人が好きなの？」

「いや、そんなにゴツくはないんだけどね」たまねぎが苦笑《にがわら》いしていった。

「そうそう、どっちかっていうと怖《こわ》がりだし、性格もネガティブだしね」と、にんじん。

「あと、いろんな〝病気〟持ってるよな。〝おやつをくわねば死んでしまう病〟とか」

ピーマンがいうと、仲間が笑った。三人とも、ウソップの話をするのが本当に楽しそうだった。

「あと、なによりウソつきだしね」

にんじんがいうと、仲間が、うんうんとうなずいた。

「でも、勇敢なる海の戦士になって戻ってくる人だけどね」

たまねぎがつけ加えると、仲間がさらに大きく、うんうんとうなずいた。

うーん、と、彼は腕を組む。すごいのかすごくないのか、ウソップがどういう人物なのか、いまいち像を結ばない。が、とにかくだ。

「そのウソップさんのことを、カヤさんは好きなんだね」

「まあ、確かめてはないんだけど……」たまねぎのいい方が急にトーンダウンする。「雰《ふん》囲気《いき》で、たぶんそうなのかなって、ぼくらは思ってるんだ」

なんだ、はっきりしないな、とは思ったが、いずれにせよ憎からず思っている、ということなのだろう。

「そうか。でも、僕も負けないよ」彼はにっこりと笑っていった。「カヤさんに振り向いてもらえるように頑張《がんば》るよ」

「無理だと思うけどなあ」と、にんじん。

「そうだよ。今まで何人が失敗したと思ってんの」と、ピーマン。

「それに、この村に何度も通うの大変じゃない？」と、たまねぎ。

「確かに大変だね。今日も、町の宿屋からここまで来るの、結構遠かったし」と、彼はいった。「でも、心配ないよ。僕、この村に住もうと思ってるから」

「住む!?」

三人の声がそろった。

「うん。なんだか、散歩してるうちに気に入っちゃったんだよ、この村」

彼の言葉に嘘《うそ》はなかった。

3

三人の少年に、空《あ》き家《や》を所有する人を紹介してもらい、その日のうちに借り受ける算段を整《ととの》えると、三日後にはその空き家に荷物を運び込んだ。

引っ越しの日、タンスの位置を直していると、窓の向こうに野菜が三つ並んだ。

「いやー、ほんとに住み始めるとは思わなかったよ」と、ピーマン。

「お兄さん、相当カヤさんのことが好きなんだね」と、にんじん。

「でも、その努力が報《むく》われるとは思えないけど」と、たまねぎ。

「僕は何事もじっくりと腰をすえてやりたいタイプなんだ」額《ひたい》の汗をタオルで拭《ふ》きながら、彼は少年たちにいった。「一度断られたからって、それであきらめるようじゃダメだ。それより君たち、暇ならベッドを動かすのを手伝ってくれないか」

彼が、中途半端な位置にあるベッドを指さすと、

「げー、手伝うのかよ」「重たそー」「ギャラは弾《はず》んでくれよな」と、口では文句をいいな

がらも、少年たちは楽しげに家に入ってきた。

にぎやかに始まった新生活に、彼は満足していた。

とはいえ、突然村に移り住んだ彼に対し、村人は少なからず警戒心を抱《いだ》いているようだった。

道で出会って挨拶すれば、必ず返してはくれたが、その目に探るような色が浮かんでいることが多かった。数人の村人と行き違ったあと、後ろから声を落として噂話《うわさばなし》をしているような気配が伝わってくることも珍しくなかった。

だが、一か月も経《た》つ頃には、そういうことはなくなった。

彼が積極的に村人と交《まじ》わったからである。

結局のところ、得体《えたい》が知れないから村人たちは警戒するのであって、こちらが積極的に素性《すじょう》を明かしさえすれば、自然とその態度は軟化していくものだ。

仕事は脚本家をしていて、今は大きな作品が終わったばかりだから休んでいること。

元々は医師を目指《めざ》して勉強していたが、体を壊してそれをあきらめたこと。

散歩の途中に出会った村人や、買い物に立ち寄った先で、そういうプロフィールを話していくうちに、村人たちの警戒心が薄れていくのが肌《はだ》で感じられた。

カヤお嬢様に想《おも》いを寄せている人物、という本来ならばマイナスに働きそうな要素も、彼がさほどガツガツしていないせいか、むしろ節度をわきまえた好人物という評価につながっているようだった。

それが証拠《しょうこ》に、執事のメリーは、彼の二度目の訪問の際、

「お嬢様にお取り次ぎはできませんが、お茶でも召《め》し上《あ》がっていかれますか？」

と、誘いかけたほどなのだ。

あらゆる求婚者たちを門前払いしてきたメリーがこんな対応をしてしまうなんて、画期的な出来事だった。

彼はもちろん喜んで誘いに応じた。

執事の淹《い》れてくれた紅茶は、村の風景と同じで優しい味だった。

4

「やっとお顔を拝見できました」

彼が声をかけると、カヤはハッと立ち止まった。図書館を出てすぐの道だった。

「ごめんなさい、驚かせてしまって」

彼はいって、カヤのそばに歩み寄った。

「図書館から出てこられるところを、たまたまお見かけしたもので」

「あの……」

カヤの戸惑《とまど》った顔に、彼は改めて頭を下げ、自分の名を告げた。

カヤはすぐに笑顔になり、

「あっ、あの医学書をくださった……」

「そうです」彼も笑顔を返した。「ひょっとして、もうお持ちの本だったんじゃないかと思ったんですが……」

「いえ、初めて目にするものでした」

ありがとうございました、とカヤが頭を下げると、綺麗《きれい》な髪がさらりと揺れた。

「お屋敷に戻られるなら、途中まで一緒に歩きませんか?」

と、彼は持ちかけた。本当ならお茶でもご一緒に、といいたいところだったが、まだきっとそれは早いだろうと自重《じちょう》したのだ。

それぐらいなら、という感じで、カヤは応じてくれた。

「医学の勉強をなさっていたと、メリーから聞きました」

「はい、まだ十代の頃の話なんですが……」

村人たちに話した経歴を、カヤにも丁寧《ていねい》に話した。

「僕は体を悪くして医学の勉強をやめてしまいましたが、カヤさんは頑張って続けてらっしゃるんですね。尊敬します」

「私も、時々辛《つら》くなることはありますよ。でも……ある人のことを考えたら、力が湧《わ》いてくるんです。あの人もきっと海で戦ってる、だから私も……って」

「ウソップさん、ですか？」

彼がいうと、カヤは微笑《ほほえ》んでうなずいた。

「幸せな人ですね、そのウソップさんは」彼は肩をすくめた。「あなたに、そこまで想ってもらえるなんて」

カヤは小さくかぶりを振った。

カヤと青年が並んで歩く様子《ようす》を、離れた木のかげから見ているのは、ピーマンとにんじんとたまねぎだった。

「おい、カヤさん笑ってるぞ」ピーマンがいった。

「ほんとだ。なんか、絵になる二人だな」にんじんもいう。

「なにいってんだよ」たまねぎがムッとする。「カヤさんの隣は、本当ならキャプテンがいなきゃいけない場所なんだぞ」

「わかってるけどさー」と、ピーマン。

「でも、キャプテンは海の上だからなー」と、にんじん。

「うーむ……」と、たまねぎ。

カヤがあの青年と恋人同士になるとは、三人も思っていない。でも、今は心配なくても、先のことはわからない。このままキャプテンの帰還がずっと先になって、カヤさんとあいつが顔を合わせる時間が長くなっていったら……。

三人は顔を見合わせた。

「まさか、なあ……」

5

深夜、彼はベッドのなかで目を開けた。

眠っていたわけではない。ただ体を横たえていただけだ。

ゆっくりと体を起こすと、彼はベッドを降り、窓のカーテンを開けた。

月のない夜の下で、村は眠りについている。彼はこの二か月のことを思い返した。

よそ者の彼を、村人たちは最初こそ警戒していたが、今はもうすっかり村の一員として受け入れてくれた感がある。

本当にこのシロップ村の人間は――

「……ちょろい連中だぜ」

暗い部屋のなかで、彼は、くっくと低い笑い声をもらした。

田舎の人間というのは、本当に単純だ。さわやかなルックスと柔らかい物腰にころりと騙《だま》されてくれた。

仕事は脚本家？　嘘だ。

昔、医学の道を志《こころざ》していた？　嘘だ。

カヤお嬢様と結婚したい？　嘘だ。

彼がこのシロップ村に住みついた目的はただ一つ——カヤの屋敷に泥棒に入るためだった。

カヤの屋敷は大きく、門番も立っている。さっと入って、さっと盗んで、去る、という流しのやり方では攻略できない。だから、長期戦でいくことにした。村に溶《と》け込《こ》み、チャンスをうかがうやり方をとったのだ。

ただし、理由もなく村に滞在すれば怪《あや》しまれるだけだ。だから、カヤへの求婚者があとを断《た》たないという状況を利用させてもらうことにした。カヤにアタックするために村に留《とど》まる、というのは表向きの理由として格好《かっこう》のものだ。プロポーズ大作戦——彼が今回の作戦につけた名前だった。

二か月。彼はじっくりと下準備を進めた。

ちょろいとはいったが、むろん彼も、二か月間、ただニコニコと村人の前で愛想を振りまいていただけではない。村人の警戒心が薄れてきたと感じてからは、もう少し踏み込んだ交流を心がけた。

庭先で犬小屋を作っている老人を見かけたとき、彼は手伝いを買って出た。彼の頑張りのおかげで、犬小屋は二階建ての立派なものが完成し、その出来栄《できば》えに感動した老人は、彼に養子にならないかといったほどだった。もちろん丁重《ていちょう》にお断りしたが。

風船を空に飛ばして泣いている女の子と出会ったとき、彼は趣味で持っている風船を女の子に分けてあげた。それもただの風船ではなくバルーンアート用の風船だ。「孔雀《くじゃく》の舞い」と「火を吐くドラゴン」という作品をバルーンアートで作ってあげると、女の子は感動のあまり三分間も拍手《はくしゅ》してくれた。

あるとき、彼は母親と激しく口論している少年を目撃した。仲裁に入ると、彼は双方の話を根気よく聞いた。その結果、口論の本当の原因が、少年の持て余す過剰《かじょう》なエネルギーにあることがわかった。彼は少年を誘って海辺まで全力疾走《しっそう》すると、そこで一緒に「バカヤロー!」と叫んでやった。それ以来、母子関係は極《きわ》めて良好であると、人伝《ひとづて》に聞いている。

こんな交流を重《かさ》ねていくうちに、村における彼の株はどんどん上がっていき、都合三回、執事のメリーからお茶に誘ってもらうことができた。そのおかげで、屋敷内の間取りの勘《かん》所《どころ》はバッチリ摑《つか》むことができた。

もう頃合いだ、と彼は判断した。ここまで演じれば、もう十分だろう。

二か月の助走を経《へ》て、今夜が跳《と》ぶときだった。

これほどの大きなヤマは初めてだ。だが、準備に費《つい》やした時間を考えれば、失敗は許されない。

彼は大きく息を吐くと、カーテンを閉めた。さあ、行動開始だ。


闇《やみ》を選んで歩き、彼は屋敷の前に辿《たど》り着《つ》いた。

と、いきなり予定外の展開が待っていた。門番の姿が見えないのだ。

こいつはラッキーだ。眠らせるための薬と道具は持っていたが、どうやらそれは使わずに済《す》みそうだった。

彼は身軽に塀《へい》の上にのぼると、敷地に飛び降りた。金庫のありそうな部屋には目星をつけてある。

低い姿勢から走りだそうとした瞬間だった。

顔になにかが当たった。石、じゃない——やわらかいものだ。それは彼の鼻にぶつかって破裂した。衝撃とともに粉が舞い散った。「ぶっ！」

視界を奪《うば》われ、ついで、「ハックショイ!」と、大きなくしゃみが出た。

「よしっ! 必殺コショウ星《ぼし》ヒット!」

どこかから子どもの声がした。くそっ。門番を外《はず》したのは、油断させるためか。

立ち上がろうとしたとき、足の甲に硬いものが打ち下ろされた。「あだっ!」たまらず足を押さえたところへ、今度は脳天に硬い衝撃が落ちてきた。「もげっ!」さらにもう一発――

ぐらり、とそこで彼は意識を失った。


目を開けると、縄《なわ》で縛《しば》られて、イモ虫のように庭に転がされていた。

彼を覗《のぞ》き込《こ》んでいる顔は、カヤとメリー、そして三人の野菜少年だった。

少年たちは、手にバットやスコップやフライパンを持っている。布に包んだコショウのつぶてをぶつけ、得物《えもの》でぶん殴《なぐ》った、というところか。子どもにいいようにやられた屈《くつ》辱《じょく》が体を熱くした。

「おい、目を覚ましたぞ」ピーマンがいった。

彼は自分に向けられた五人の表情を見た。

野菜少年たちはみな目を怒《いか》らせ、カヤとメリーは悲しげな面持《おもも》ちだった。

「……いつから、おれのことを怪しいと思ったんだ？」彼はいった。

「おれは最初に会ったときから怪しいと思ってたぜ！」ピーマンがいった。

「ほんとにっ⁉」たまねぎとにんじんが声をそろえる。

「いや、キャプテンなら、きっとこういうだろうなって」えへへ、とピーマンは笑う。

「あなたが……」と、話しだしたのはカヤだ。「村のみんなのために、いろいろと世話を焼き始めた頃から、この子たちは怪しんでいたみたいですよ……」

続けて、ピーマンがいう。

「まあ、村のみんなは、あんたの人の好《よ》さに騙されてたみたいだけど、おれたちは、な〜んか引っかかってたんだよな」

「そうそう。なんか、いい人すぎて、逆に裏がありそうっていうかね」と、にんじん。

「てかさ、さすがに二階建ての犬小屋はやりすぎでしょ」と、たまねぎ。

「だからこの一週間、おれたち交替で、あんたの家を張り込んでたんだ」ピーマンが得意げにいった。

彼は小さく舌打ちした。くそっ、熱演が仇《あだ》になったということか。まったく、ただのガキかと思ったら、食えない野菜どもだ。

「この子たちは、ウソップさんのそばで、毎日ウソップさんのウソを聞いていましたから、きっと、嘘を嗅《か》ぎ取《と》る感覚が敏感なんだと思います」

カヤがそういうと、褒《ほ》められたと思ったのか、少年たちは嬉《うれ》しそうに小鼻をふくらませた。

彼はもう一度舌打ちをもらした。ウソップさん、ウソップさんと繰《く》り返《かえ》し名前を出されると、ここにはいないその人物にも負かされたようで、余計に怒りが湧いた。

メリーが静かに聞く。

「あなたが、この村でお話しになったことは、全部嘘だったたんですか？」

「……ああ、嘘だよ」彼は吐き捨てた。「脚本家なんて大嘘さ。医学を学んだこともない。おれは、元々小さい劇団で役者やってたんだ。でも、食えないから商売替えしたのさ。人を騙して、金を盗むってほうにな」

メリーは溜《た》め息《いき》をつき、無言でかぶりを振った。

にんじんが彼に指を突きつけていった。

「仕事も嘘、カヤさんを好きっていうのも嘘……お前の嘘はずるくて、卑怯《ひきょう》で、キャプテン・ウソップのウソとは大違いだ！」

そうだ、そうだ、と仲間たちも続いた。

怒りをあらわにする三人は、彼に住まいを仲介《ちゅうかい》したことを悔《く》やむ気持ちもあるのかもしれない。

だが、知ったことか。彼は鼻を鳴らした。

「嘘にいいも悪いもあるかよ。嘘は嘘だろうが」

「いいえ」すかさずカヤがいった。「ウソップさんのウソは、人の気持ちを明るくするウソ、幸せな気分を運んでくれるウソ……あなたの嘘とは違う」

「…………」

幸せな気分を運んでくれるウソ、という言葉が、彼の記憶のある部分を刺激していた。

昔、劇団にいた頃、彼が師と仰《あお》ぐ先輩の役者がいた。その人がいっていた。

――いいか？　芝居ってのは、結局のところウソだ。虚構《きょこう》だ。でもな、それは魂《たましい》のこもったウソだ。おれたちは魂のこもったウソで、客を騙し、客の胸に感動と幸せを残す。どうすれば魂を込められるか？　それはもう稽古《けいこ》しかない。

芝居論の好きな熱い先輩だった。厳しく、怖く、優しい師だった。

でも、その先輩も、もうこの世にいない。大病にかかり、亡《な》くなったのだ。

先輩の病気の治療にたくさんのお金が必要だと知ったとき、彼は自分の少ない蓄《たくわ》えをすべてそれに回し、さらに親戚《しんせき》や知人からカンパを募《つの》った。

カンパはそれなりの金額が集まったが、それでもまだ治療費のすべてをまかなうことはできなかった。

そんなとき、金貸しを名乗る男が、知人を介《かい》して彼に声をかけてきた。

「そのお金を一度私に預けていただければ、目標の金額にしてお返しさせていただきますよ」

数字をいくつも出され、なにやら難しい話をされたが、とにかくお金を作りたい一心で、彼は集めた金を、その金貸しに預けた。そして、それっきりだった。

お金は一ベリーも戻ってこず、彼は周囲の信用を失い、そして大切な師も亡くなってしまった。

自暴自棄《じぼうじき》になり、生活は荒れた。役者はいつのまにか廃業状態になり、無一文になった。

最初に人を騙したのは、丸二日食事にありつけず、あと数時間でそれが三日になろうとしていたときだった。

繁華街で老婦人に声をかけ、旅行者だが財布を落として困っている、必ず返すのでお金を貸してくれないか、というと、思っていた以上の金額を渡された。彼は老婦人に自分の連絡先を告げたが、それはデタラメなものだった。

その一回でやめておけば、ひょっとしたら彼は今、ここにこうして縛られていなかったかもしれない。

だが、やめられなかった。その後も彼は、困っている人を装《よそお》っては寸借《すんしゃく》サギを働いたり、工事業者のふりをして家に上がり込み、盗みを働いたりした。そういうとき、役者として培《つちか》った演技力がものをいったのは、皮肉な話だったが。

思い返すだけで反吐《へど》が出そうな転落の軌跡《きせき》だった。痛みに耐《た》えるように奥歯を食いしばったとき、彼はカヤの視線に気づいた。まっすぐこちらに向けられた目は、責《せ》めているのでもなく、憐《あわ》れんでいるのでもなく、なにかを見極《みきわ》めようとしている目に思えた。

「カヤさん、早く警察を呼ぼうよ」ピーマンがいった。

だが、カヤは答えず、しばらく同じ色の視線で彼を見つめた。

やがて、カヤがいった。

「縄を解いてあげましょう」

えっ！　と、少年たちが声を上げた。

「いいの？」

「だって泥棒だよ？」

「まだなにも盗《と》られてないわ。私たちは誰もケガしていないし。それに」カヤの視線がまた彼に向けられた。「……あなたも、こんな生き方をしていちゃいけないことはわかっているんじゃありませんか？」

「……………！」

彼はなにもいえず、きつく目を閉じた。言葉が、突き刺さっていた。

わかってる。わかってるんだ。おれは、本当は役者に戻りたい。でも、もうおれの魂は汚れちまってるし……でも、やっぱり、本当は、おれは——

カヤが続けた。

「誰かを騙すのはよくないことです。でも——自分を騙すのもよくないことだと思いますよ」

くっ、と、彼の喉《のど》が鳴ったのは、こみ上げた嗚咽《おえつ》を飲み下そうとしたからだった。

本当にそうだ。おれは、おれを騙して、悪党暮らしを続けることにもう、本当はもう、心底呆《あき》れ果《は》てて、疲れ果てているんだ――

彼はカヤの顔を見返し、静かにうなずいた。はい、という声は掠《かす》れてしまった。

カヤがメリーを見た。メリーは小さくうなずくと、彼のそばにしゃがんだ。縄を解き始める。

ややあって、少年たちもそれを手伝い始めた。

「こんなことをいっても、また嘘だと思われるかもしれませんが……」

縄を解かれた彼は、カヤたちにいった。

「今までの罪を償《つぐな》ったら、また役者の道に戻ってみようと思います。小さな劇場で、お客さんが数人でもいい、また舞台に戻って自分を表現してみようと思います」

「きっとできますよ」カヤがいった。「あなたなら、人を幸せにするウソが、きっとつけます」

メリーも小さくうなずいた。

そこへ、ピーマンがいった。「お兄さんさあ、そういうときはもっとドーンとしたこといわないと」

にんじんもいう。「そうそう。小さな劇場で、とかじゃなくてさ、一万人のホールを満員にします！　ぐらいのさ」

「そうだよな。うちのキャプテンなら、もっとスケールのでかいことというよな」と、たまねぎも続ける。

「なにしろ、〝おれには八千万の部下がいる！〟っていっちゃう人だもんね」

ピーマンがそういうと、カヤとメリーが吹き出した。

彼も薄く笑い、肩をすくめた。

いやはや、八千万の部下とは、確かにすごいスケールだ。

だが、誰かを幸せにしようと思ったら、でかい風呂敷を広げることを恐れてはいけないのかもしれない。

ウソップさんか……。

彼は心のなかでその名を呟《つぶや》いた。

役者の師は失ってしまったが、新《あら》たにウソつきの師を得たような気分だった。

どーーーん!!
RESTAURANT
BARATIE
海上《かいじょう》レストラン『バラティエ』
はい オーナー
ガガガ
バ
海上《かいじょう》レストラン 厨房《ちゅうぼう》——
3番《ばん》の オードブル おまちっ!!
てめェで 持ってけよ ウエイターは いねェんだ
ボオオオオオ
タンタンタン
カンカン!
ガコン!
どーーーん
ザッ
てめェ ウチのコックに 手《て》ェ出《だ》される 様《よう》なマネすん じゃねェ!!!
野郎《やろう》ども オーナーを 止《と》めろォ!!!
キャー
わー
ぎゃあ!!!
もういっぺん 言《い》って見《み》ろ てめェ!!
店主《オーナー》!! サンジが また客《きゃく》を 半殺《はんごろ》しにーっ!!!
キャー
わー
バカ野郎《やろう》 こんなマズイ メシが客《きゃく》に 出《だ》せるかァ!!!
てめェ全部《ぜんぶ》 食《く》え!!!
ドキッ!!!

バラティエのお嬢さん

スープです
熱《あつ》いうちにどうぞ!
うおーーっ!!
バラティエ 2階《かい》 店員食堂《てんいんしょくどう》
わい わい
がや がや
おい 誰《だれ》だ 今日《きょう》の当番《とうばん》は
やるじゃねェか 雑用《ざつよう》オっ!!!
おおーーっ!!

1

食前酒のスパークリングワインで胃袋の受け入れ態勢を整《ととの》えて、前菜《ぜんさい》は生ハムとフルーツ。うん、おいしい。一品目は魚介《ぎょかい》を使ったトマトスープで、これは酸味が絶妙だった。

窓外《そうがい》に視線を転じれば、快晴の穏《おだ》やかな海原が広がり、間遠く聞こえるカモメの声と相《あい》まって、陸の上ですり減った心を癒《いや》してくれる。味よし、ロケーションよし。うん、久しぶりに来たけど、「バラティエ」って、やっぱり最高！ ……なんだけど、今日《きょう》に関しては手放しで喜べないというか、満喫《まんきつ》を妨《さまた》げる要素が一つだけあって——

それというのも、一緒にテーブルをはさんでいるこの男。

「ん〜、まあ、なかなかいい店じゃない、ここ。おれの見た感じ、酒も食材も、悪くないもの使ってるし。ああ、でもさ、おれの知ってる店で、もっとオススメのレストランがあってさ、ま、グレードはここよりもかなり高くなっちゃうんだけど、ああ、そこのオーナーともおれ、知り合いなんだけどさ、あ、おれにいってくれれば、すぐに予約とれるんだけどさ……」

「へ、へー、そうなんだあ」

おざなりな相槌《あいづち》を返しつつ、私はナプキンで口元を隠して溜《た》め息《いき》をつく。

やたらと「おれおれ」うるさいこの男は、本日の会食相手（デートじゃなく、会食だと強調しておきたい！）。知り合ったきっかけは、たぶんどこかのパーティーで声をかけられたとか、そんなことだったと思う。以来、食事の誘いがしつこくて、その都度なんとか断《ことわ》り続けていたのだけれど、今回根負《こんま》けするようにＯＫしてしまったのは、私の不覚。

どうせ気の進まない食事なのだから、せめてお店くらいは自分で決めさせてもらおうと、ここしばらく多忙で足が遠のいていた、海上レストラン「バラティエ」に予約を入れ、今日という日を迎えたわけなのだけど……。

こってりと整髪料でオールバックに決め、真っ赤なスーツの胸元には金色のハンカチ。なんていうか、この男、全部がくどい。濃い。そして、ぺらぺらと口数は多いが、話の内容はというと、

「おれの知ってる歌手でさ――」

「おれの持ってるビルがさ――」

「おれの飼ってる一頭六十万ベリーの犬がさ――」

おれの話。自慢話のオンパレード。そのド派手なカフスボタン押せば、あんたの話、ミュートできないのかしら、なんて思ってしまう。せっかくのバラティエ。それも久々のバラティエなのに、食事のパートナーがこの「おれ様オールバック」では、魅力も半減というものだ。

今、目の前では、「おれの兄貴の嫁さんの妹が出演している映画」の話が展開されているところ。

でも、私は透明な耳栓を装着したつもりで音声をシャットアウト。食事に意識を向けることにした。

と、そこでふと気づく。そういえば、今日のバラティエはどことなく静かだ――目の前のおれ様は別として。

何気《なにげ》なく店内に視線を巡《めぐ》らせ、私はその理由を知る。

やっぱりだ。いない。

いつもくわえ煙草《タバコ》で黒いスーツを着たウエイター……じゃなくて副料理長といっていた

っけ。

サンジの姿が、今日は見当たらなかった。

料理の腕前どうこう以前に、女性客にやたらと声をかけるナンパ師ってことで、このバラティエでは有名な男だ。

かくいう私も、この店でサンジに口説《くど》かれたことは一度や二度じゃない。ちなみに三度や四度でもなかった。

〝オー、なんと麗《うるわ》しきお方！　初めてのご来店ですね。おや、今日はお一人？　それはいけない。おれが食後のワインだけでもご一緒しましょうか？〟

〝こちらのシャーベット、お早めにお召《め》し上《あ》がりを。君に焦《こ》がれるおれの視線で溶《と》けやすくなっておりますので〟

〝へえ、お仕事は洋服のデザイナー！　だったらおれも、スーツのデザインお願いしようかなあ！　早速《さっそく》採寸するかい？　脱ごうか？　おれ、脱いじゃおうか？〟

キザでアホでエロ。でも、どこか憎めないところもある男。加《くわ》えていうなら、このサンジ、腕っぷしならぬ「足っぷし」の強さでも有名だった。

バラティエにはいろんな客が来る。なかにはマナーの悪い客も。そのマナーの悪さが度を超すと、サンジはその客のテーブルに、あるいはその客自身に、強烈なキックを叩《たた》き込《こ》むのだ。私も一度だけ見たことがある。酔って大声を上げ、隣のテーブルの料理にまで手を伸ばした巨漢《きよかん》が、サンジの革靴《かわぐつ》の餌食《えじき》になって床の上に伸びるところを。

〝クソお静かに願います、お客様――〟

まあ、いなきゃいないでいいのだけれど、毎回口説かれていた身としては、サンジのいないバラティエは、少々物足《ものた》りない気がしないでもない。

「――てわけなんだ！　ケッサクだろ？」

不意におれ様オールバックが「どや顔」を突き出してきたので、私は思わずのけぞってしまった。危ない、危ない。反射的におでこにフォークを突き立てるところだった。

話にオチがついたらしく、男は私のリアクションを待っている。ああ、こんなとき、〝ごめんなさい、クソ聞き流しておりました――〟なんて、いえたら痛快なんだけど……。

「ほんと！　ケッサクね！　あは、は」これが現実。

2

「まったく、マナーがなってない客もいるもんだ」

お手洗いから戻ってくるなり、おれ様オールバックがぼやきだした。

「向こうの席で煙草を吸ってる客がいたよ。食事中に煙草なんて、料理の味をわからなくさせるし、なにより周《まわ》りの客に迷惑だ。煙草を吸う人間は、おれにいわせりゃあバカの極《きわ》みだな。君もそう思うだろ？」

「うん、まあ……」

お説はごもっともかもしれないけれど、私にいわせれば、あんたのつけてるその悪趣味なコロンの匂《にお》いもたいがいだからね！　今すぐ海水であんたごとジャブジャブ洗いたいくらい！　という反論は、もちろん心のなかで。

コース料理は、さっきメインの品（エレファント・ホンマグロのオリーブオイルソテー。濃厚！　美味！）が終わり、デザートが運ばれてきたところだった。あとはコーヒーか食後酒を飲みながら、食事の余韻《よいん》を楽しむ流れ……なのだけど、このおれ様オールバックとテーブルをともにすることに、私の忍耐もそろそろ限界を迎えつつあった。だめだ、気分転換しないと……。

「お手洗いかい？　ごゆっくり」

椅子《いす》にナプキンを置いて立った私に、おれ様がウインクを寄越《よこ》す。私はそれに引きつった笑《え》み（内心はアッカンベー）を返すと、席を離れた。

お手洗いには寄らず、甲板《かんぱん》に出る。

思いついて、ここでもサンジの姿を探してみる。が、やはり見当たらない。

手すりに寄りかかり、遠くの商船の汽笛《きてき》を聞いていると、今日はもうここでずっと風に当たっていたくなった。溜め息をそっと海風に乗せたとき――コツンと音がして、左隣に影が差した。

冗談みたいに長いコック帽と、三《み》つ編《あ》みにした髭《ひげ》。コツンという音は、彼の義足が甲板に触れた音だった。バラティエのオーナー兼料理長のゼフが隣に立っていた。挨拶《あいさつ》程度の会話なら、何度か交《か》わしたことがある。

ゼフは腕組みをして、気難しげに遠くを見やっている。そのゼフに、「ご休憩ですか」とこちらから声をかけたのは、そろそろ薄っぺらじゃない会話を心が欲していたからだろう。

ゼフが海を見たまま答える。

「……いや、ちょいと調べモンだ」

「調べもの……」

「ああ。……今日の風が乾いてんのか湿ってんのか、あったけェのか冷てェのか、自分の肌《はだ》でそれを知っとかねェとな、料理の下ごしらえにも影響すんだよ」

厨房《ちゅうぼう》に閉じこもってるだけじゃ料理は作れねえ、とゼフは小さく笑った。

「……お嬢さんは、デートかい？　男と来てたようだが」

「あ、やー、その」

しどろもどろになってしまった。今日はデートじゃなくて単なる会食で、と続けようとしたときには、もうなんだか言葉を継《つ》ぐタイミングを微妙に逸《いっ》していて、だから私は続けなかった。代わりに尋《たず》ねた。

「……今日は、サンジさん、お休みなんですか？」

「サンジ？」

じろり、とゼフがこちらを見た。

「ああ、あいつなら仕込みに行ってるよ。──オールブルー、までな」

「オールブルー？」

私が目を瞬《しばた》かせると、ゼフは薄く笑って謎解《なぞと》きをしてくれた。

「お嬢さんは、あんまり新聞は読まねェか？　サンジの野郎は今、海賊の一味になってんだ。海賊王を目指《めざ》す麦わらのルフィ、そいつの一味だ。聞いたことねェか？」

麦わらの一味。名前だけなら。でも、くわしくは知らない。だから率直《そっちょく》に驚いた。まさか、あの女ったらしが海賊の一味とは……。

「じゃあ、サンジさん、しばらくお店には」

「ああ、出てこねェな。麦わらの冒険が終わるまでは」

「そう、ですか」

と、返した自分の声が、思いがけず沈んでいたから驚いた。私は慌《あわ》ててからりとした声で続けた。

「でも、皆さん、寂《さび》しがってるんじゃありません？　ほら、サンジさんって、にぎやかな人だったから」

「寂しい？　馬鹿いっちゃいけねェよ」

ゼフは笑い飛ばした。

「あんなボケナス、いなくなってくれて清々《せいせい》してるぜ。なんせ〝迷惑〟が服着て歩いてるようなやつだったからな」

ゼフのいい方に、私はぷっと吹き出した。確かに、サンジの行くところトラブルあり、みたいな感じはあった。

だが、といいながら、ゼフが手すりから離れる。

「あの野郎、いなくなったあとでも、うちに迷惑かけやがる」

「いなくなったあとでも？」

聞き返したが、ゼフはもうその先を続けず、店内に続く扉に向かっていった。

3

で、席に戻って、驚いた。

「えーと……これは？」

「おれからの気持ち、受け取ってよ」

テーブルの上では、その気持ち――大きな宝石のはまった指輪――が、ケースに鎮座《ちんざ》して、ぬーんと私をにらみつけていた。

「ああ、い、いや、別に深い意味はないから！　ただ、君とはこれからも素敵な時間を一緒に作っていきたいからさ、今日はその記念すべき一回目ってことで」

そして、ウインク。

いやいや……いやいやいやいや……。私は額《ひたい》に手を当ててうつむいてしまった。

「おーいおいおい！　泣くほど嬉《うれ》しかったのかい？　ま～いったなこりゃ！」

じゃなくて！　……だめだ、と私はかぶりを振る。

最初のデート（ではなく会食！）で、いきなり指輪のプレゼント。しかも、その指輪もほとんど凶器みたいなゴツいやつ。……ほんと、ないわ、この指輪も、この人も。

そして、がっくりと疲れた私の頭に浮かんだのは、サンジが以前くれた〝宝石〟の思い出だった。

いつだったかランチを食べに来たときに、私がリストを見て注文したワインが、手違いで品切れになっていたことがあった。

そのときサンジが、お詫《わ》びのしるしにと、フルーツのマチェドニアをサービスしてくれたのだ。

〝よかったら、これ。君の輝きと瑞々《みずみず》しさには到底及《およ》ばないけど――〟

お世辞はさておき、くわえ煙草の煙とともに運ばれてきたそのマチェドニアは、ガラスの器《うつわ》も、盛りつけ方も、そしてフルーツの彩《いろど》りも、すべてが上品で、それこそ宝石箱を見ているようだった。

思わずウットリと見惚《みと》れた、あのときの〝宝石〟と、今テーブルでぎらついている宝石。値段は桁違《けたちが》いだろうが、私の心への響き方も桁違いだった。

「受け取って、くれるかい？」

受け取ってくれるよね、という顔でおれ様は私の答えを待っている。

私は息を吸い込むと、きっぱりと言い渡すことにした。あの——

だが、発した声は、バァンッ！　というすさまじい音にかき消された。甲板に続く扉の一つが、蹴《け》り開《あ》けられた音だった。

どかどかと店内に雪崩《なだ》れ込《こ》んできたのは、ひとめで海賊とわかる連中だった。潮焼《しおや》けした顔を凶悪に歪《ゆが》ませ、手に手に武器を持っている。突然の乱入者に、扉のそばにいた客たちが悲鳴を上げて散り、厨房のほうからコックたちが飛び出してきた。

「なんだ、どうした⁉」

「カチコミかぁ⁉」

坊主頭にねじり鉢巻《はちま》きをしたコックと、サングラスのコックが先頭に立っている。

パティとカルネ。二人の名前を私が知っているのは、サンジとこの二人がモメているのを何度も見かけたことがあるからだ。

「あわ……はわわ……」

震える声は誰かと思ったら、目の前のおれ様だった。可哀相《かわいそう》に顔面蒼白《そうはく》、口はパクパク、椅子から半分ずり落ちてしまっている。

だけどおかしいわね。たしかこの人、「おれ、若い頃ボクシングやっててさ、海賊を三人、いや、七人かな、いっぺんにKOしたことがあるんだ」とか、そんな武勇伝も語っていたような気がしたんだけど……。

海賊はざっと十数人、その頭目《とうもく》と思《おぼ》しき男——モヒカン頭の男が、近くのテーブルを蹴倒して怒鳴《どな》った。

「コックども！　ありったけの食糧と酒を持ってこい！　今すぐにだ!!」

そして、にやりと笑い、つけ加える。

「無駄な抵抗するんじゃねェぞ。知ってるぜ？　サンジとかいう鬼つえー野郎は、もういねェんだろ？」

「いねェがどうした、この野郎!!」

「あんなへぼコック、はなから戦力じゃねェぜ!!」

パティとカルネが怒鳴り返し、背負っていた巨大なフォークを構《かま》えた。

カツン——と、ゼフの義足の音が聞こえ、コックの人垣が割れた。ゆっくりと進み出たゼフが海賊を見て鼻を鳴らした。

「……ふん。またこの手の連中か。めんどくせェ。サンジのいねェバラティエなら簡単に攻《せ》め潰《つぶ》せると思ったか?」

「赫足《あかあし》のゼフか……。老《お》いぼれの元海賊になにができる」

モヒカンは威勢のいいセリフを返したが、顔と声に一瞬の怯《ひる》みが走ったのはわかった。

さすがはオーナーの貫禄《かんろく》、と、私は感心する一方で、そうかなるほど、と、さっきの謎——サンジはいなくなったあとも迷惑をかける——の答えを知る。

つまり、サンジの不在を好機と見た、この手のならず者が、頻繁《ひんぱん》にバラティエを襲いに来る、ということなのだろう。サンジがいれば来なかったかもしれない、そういう連中の始末が面倒だと。

ゼフが続ける。

「客として金を払うなら、食い物でも酒でも、いくらでも持ってきてやる。そうじゃねェなら、とっとと消えな」

「へっ、お代なら払ってやるぜ。——コイツでな」

モヒカンがいって、腰から短銃を抜いた。

「そうかい」

ゼフはうなずくと、脇《わき》に控えたコックたちに告《つ》げた。

「……お引き取り願いな」

オーナーのその一言《ひとこと》が開戦の合図となった。

4

戦いはわずかな時間で決着した。

海賊が弱かったのか、コックが強かったのか、その両方だったのか、ものの数分で海賊たちは全員がのされ、海に放り投げられた。

あ、ちなみに海賊を七人いっぺんにＫＯした過去を持つおれ様は、戦いが始まるや否《いな》や、指輪を引《ひ》っ摑《つか》んで一目散《いちもくさん》に逃げ出していた。サヨナラをいう暇はなかったけど、まあ、いいか。

戦闘慣れしているコックたちは、店の復旧作業も手馴《てな》れたものだった。壊れたテーブルと椅子が手際《てぎわ》よく新しいものと交換されていく。観戦のお礼にというわけじゃないけど、私も倒れたテーブルを起こすのを手伝った。そこへ、ゼフの声がした。

「気の毒したな、お嬢さん。せっかくのデートが台無しになって」

私は振り返って、ゼフに笑いかけた。

「いいんです。どうせ今日でサヨナラするつもりの人でしたから。それに、名物の『戦うコックさん』を間近で見られてラッキーでした」

ゼフも笑った。

「ふん、なかなか肝《きも》の据《す》わったお嬢さんだ。アンタの相手をする男も大変だろうな」

どこかにいませんか、その相手、と軽口を返そうとしたとき、私の脳裏《のうり》にすっと浮かんだ顔があった。

——くわえ煙草の副料理長。

まさかね、とかぶりを振るが、一旦《いったん》浮かんだそのイメージはなかなか消えてくれなかった。鼓動《こどう》が、少し速くなっている。

ゼフが続けた。

「ま、ここはバラティエだ。今日みてェなことは、これからもある。なんにせよ、次はもっとタフな男と一緒に来るんだな」

「どうかしら。一緒には来ないと思いますよ？」

今度は私が——自分の大胆さに少し驚きながら——謎をかけるようにいった。

一緒には来ない。だって、その人とはこの店で待ち合わせたいから。

小首をかしげるゼフに、でも私は謎解きをしてあげなかった。

WANTED
DEAD OR ALIVE
CHOPPER
「桜《ロゼオ》」!!!
びょ!!!?
このォ!!!
ボハ——!!!
ん?

〝悪魔〟に魅入られし者の苦悩

1

ある海軍将校の話をする。名は、あえて秘す。

異名《いみよう》があった。〝波頭《はとう》の仁王《におう》〟――部下や同僚の多くが、彼をそう呼んだ。

墨汁《ぼくじゅう》をたっぷりとふくませた筆でぐいと引いたような太い眉《まゆ》と、怒《いか》りをたたえたような眼光鋭い両の眼《まなこ》。威厳と迫力に満ちたその容貌《ようぼう》の下には、鍛《きた》え抜《ぬ》いた筋骨隆々《きんこつりゆうりゆう》の体軀《たいく》が続く。

ひとたび戦いに臨《のぞ》めば、勇猛にして果敢《かかん》。砲煙弾雨《ほうえんだんう》をかいくぐり、それこそ荒ぶる波頭のように敵陣を威圧し「正義」を遂行《すいこう》する。海賊はいうに及《およ》ばず、自身にも部下にも厳格で苛烈《かれつ》なその生《い》き様《ざま》は、まさに海兵の鑑《かがみ》、〝波頭の仁王〟の異名に恥じぬ精強《せいきよう》さであった。

三等兵を振り出しに、着実に武功を立て、昇級を重《かさ》ね、現在の彼の階級は大佐。幾度《いくど》かの転属を経《へ》て、現在の所属地は、シャボンディ諸島66番GR《グローブ》・海軍駐屯《ちゆうとん》基地である。

この基地でも、彼は数々の武勲《ぶくん》を打ち立てていた。

部下を率《ひき》いては、巧《たく》みな用兵と操艦《そうかん》で、大物海賊を幾人も捕《と》らえ、上官の麾下《きか》として命令を忠実に遂行し、戦況に応じて有益な進言を幾つもした。

さすがは〝波頭の仁王〟——の声は、彼が任務から戻るたびに基地内でささやかれた。

「あの人はすげェよ。五十人の海賊に囲《かこ》まれても、眉一つ動かさないんだぜ」

「あの人の戦場の声を聞いたことがあるか？　天が割れるほどの一喝《いっかつ》なんだ。それで海賊は縮み上がって、逆におれたちは鼓舞《こぶ》される」

「おれなんて、あの人が敵の剣を歯で受け止めてるところを見たぞ」

「〝波頭の仁王〟のおかげでこの基地は大砲十門ぶんは強くなったな」

強さを讃《たた》える声は、彼の耳にも入った。だが、彼に慢心はなかった。まなざしの先には常《つね》に憎き海賊旗があり、「正義」を貫《つらぬ》く鋼《はがね》の意志が全身にみなぎっていた。

そんな彼に、新《あら》たな命令が下されたのは、マリンフォードの頂上戦争から〝二年後〟のことだった。

上官である少将に執務《しつむ》室に呼ばれ、直属の部下数名とともに、彼はその内容を聞いた。

「この島に再集結する、麦わらの一味を逮捕せよ——」

2

「麦わらの、一味ですか……」

問い返した彼の表情には、一筋《ひとすじ》の緊張が走っていた。

珍しいことだった。どれほど過酷《かこく》な命令を受けようとも、毛ほども動じることなくただちに行動に移る、〝波頭の仁王〟とはそういう海兵であったはずだ。

「作戦当日、お前たちは私の艦に乗ってもらう。隊の編成は追って知らせる」

少将はそう告げ《つ》、命令の伝達を終えた。

少将の執務室を辞したあとも、彼の表情には普段にはない険《けわ》しさが滲《にじ》んでいるようだった。

自分の執務室に戻っていく〝波頭の仁王〟を敬礼で見送ったあと、部下たちはささやき合った。

「見たか？　あの人が珍しく緊張していたな」

「それだけ今の麦わらたちが強いってことだろう」

「しかし、いくら連中が強いとはいっても、あの人があんな顔をするとは……」

「ひょっとして、麦わらの一味を追う任務は初めてなのかな」

誰かがそういうと、別の誰かが答えた。

「いや、初めてではないはずだ。おれは一度、あの人と一緒にエニエス・ロビーの任務についたことがある」

エニエス・ロビー——難攻不落の司法の塔を有し、世界政府の権威を象徴する場所でもあった——麦わらの一味に攻め込まれるまでは。

が、それはともかく——〝波頭の仁王〟の動揺である。

部下たちが声を潜《ひそ》めて訝《いぶか》っている頃、彼は自分の執務室で頭を抱《かか》えていた。

「どうすれば、いいのだ……!!」

3

作戦決行の日が、ついに来た。

〝波頭の仁王〟は、上官である少将の指揮する軍艦に乗り込み、42番GR《グローブ》へと向かっていた。そこが麦わらの一味の合流地点だ、との情報を得たからである。

甲板《かんぱん》の左舷《さげん》寄りに立ち、彼はこれからの作戦行動を反芻《はんすう》した。

麦わらの船を発見次第《しだい》、砲撃。敵船を航行不能にしたのち、接舷《せつげん》して乗り移り、麦わらの一味の制圧・確保にあたる――

彼が命じられた役目は、接舷後、敵船に乗り移る際に先陣を切ること。つまり斬《き》り込《こ》み隊長であった。

麦わらの一味の尋常《じんじょう》ならざる強さは、エニエス・ロビーの任務の折、彼も実際に目《ま》の当《あ》たりにしている。だが、臆《おく》するつもりはなかった。

麦わらのルフィ？　相手にとって不足なしだ。海賊狩りのゾロ？　負ける気はしない。黒足《くろあし》のサンジ？　その足癖、おれが正してくれる。そげキングも、航海士も、ニコ・ロビンも、フランキーも、新たにブルックというやつも加わっているらしいが、全部まとめて相手をしてやろうじゃないか。気合十分、闘志満々――

……といきたいところだが、かたわらの部下が気遣《きづか》うような声をかけてきた。

「大佐、顔色があまりすぐれないようですが……」

た。

「心配ない」

重々しい声で返せた、と思う。〝波頭の仁王〟は常に強くあらねばならない。ゆるぎない彼の背を見せることで、従卒《じゅうそつ》の士気が保《たも》たれるのだ。両手で頬《ほお》を叩《たた》き、気合を入れ直した。

そのとき、索敵《さくてき》を担当する海兵の声が上がった。

「麦わらの船を発見！　十時の方向‼」

艦内がにわかに慌《あわ》ただしくなった。

彼もそちらに望遠鏡を向けた。

――いた！

ヤルキマン・マングローブの太い根が作る入り江の一つに、麦わらの船――サウザンド・サニー号が停泊しているのが見えた。

彼は強く目を閉じた。

とうとう来たのだ、麦わらの一味と対峙《たいじ》する日が――

この日が来るのを待っていた、ともいえるし、できれば来ないでほしかった、という思いもある。鎮《しず》めたはずの心の動揺が一瞬でぶり返し、全身を焼かれるような焦燥感《しょうそうかん》が襲ってきた。

「まだ撃つなよ！　用意だけしておけ！」

少将の指揮が飛び、伝令係が復唱する。

彼我《ひが》の距離が縮《ちぢ》まっていき、麦わらの船が砲弾の射程内に近づいてくる。それに伴《ともな》って、彼の心拍数も跳《は》ね上《あ》がっていった。……来る。……来る。……来る。

「撃ち方――用意!!」

少将の指揮に砲撃手が動いた。

「――撃てェ!!」

ドゴォン!!　発射の反動を艦体に残し、砲弾が麦わらの船めがけて飛んでいった。

黒い砲弾がぐんぐん標的に迫《せま》っていく――迫っていく――

彼は――声には出せない――心のなかで叫んだ。

砲弾よ！　当たるな――!!

4

ある海軍将校の話をする。名は、あえて秘す。

〝波頭の仁王〟という異名を持つ彼には、誰にも打ち明けていない秘密があった。家族にも、同僚にも、部下にも、上官にも、ひた隠しにしている秘密が。

それは――
それは――彼が、、、チョッパー、、、をめっ、、、ちゃ好き、、、ってことである!!

とにかくもう好きなのである、彼は、チョッパーのことが。キュン死しちゃうほどに。

もうね、もうね、チョッパーをね、ぎゅーってやってね、あのモフモフに頬ずりしてね、そんでね、匂《にお》いとかも嗅《か》いでね、一緒のベッドとかで寝てね、お風呂とかも一緒に入ってね、またぎゅーってやってね……

……などと妄想《もうそう》しちゃうほどに好きなのである。

だから――

砲弾が麦わらの船に当たっちゃうのは、まずいのである。

だって、だって、砲弾が当たって、麦わらの船が沈むようなことがあったら、チョッパーが死んじゃうかもしれないから!! チョッパーは能力者だから泳げないいんだよ？ 溺《おぼ》れて死んじゃうかもしれないいんだよ？ そんなの嫌《いや》だから――!! 悲しすぎるから――!!

だから――

砲弾よ! 当たるな――!!

というわけだったのである。がぼーん!!


チョッパーとの「出会い」は、エニエス・ロビーの任務のときだった。

当時彼は上官の命を受け、狙撃班《そげきはん》を率いて裁判所前にある建物の屋上にいた。

司法の塔を目指《めざ》して驀進《ばくしん》するキングブルの背に、ちょこんと乗った、モフモフのトナカイを見た瞬間だった。

な――

なんじゃあ、あの可愛《かわい》さは――!!

は、反則級の可愛さではないか――‼

狙撃班を率いながらも、撃ち抜かれたのは彼のほうであった。チョッパーの愛くるしさという弾丸に。

以来、彼はあの、モフモフ、モコモコ、フカフカの生き物を愛してやまなくなったのである。

ちなみにエニエス・ロビーの一件後、麦わらの一味の手配書は更新され、そこにはチョッパーのものも加わった。

懸賞金は五十ベリー。わたあめを食べているチョッパーの写真を見て、彼は悶死《もんし》した。

かーわーいーいー！　これ、かーわーいーいー！

ぶっとい眉毛を「ハ」の字にし、鍛え上げた体をくねらせて――もちろんこんな痴態《ちたい》は誰にも見せられないから、自宅の自室に鍵をかけて、彼はそんなことをしたのだった。

……おかしい、一体おれはどうしてしまったというのだ、と、あのモフモフに心を囚《とら》われた自分を不可解に思うこともあった。

特に動物好きだったわけでもない。子どもの頃ぬいぐるみで遊んだこともなかった。

それが、いい歳《とし》をした大人《おとな》になって、このありさまである。なぜだ。

あの超絶可愛い〝バケモノ〟は、悪魔の実によって生まれたと聞く――ということは、おれは〝悪魔〟に魅入《みい》られた、ということなのだろうか……。

……という分析とかも、実はどうでもよくて、とにかくチョッパーって可愛いよねー!!

好きだから、調べた。チョッパーのことを。いろんな資料を取り寄せて。

本当の名前は、ほう、トニートニー・チョッパーというのか。ふむ、ドラム王国の出身で、へー! 医師! あったまいいー。ん? 任務中、チョッパーの声を聞いたという海兵の報告もあるな。幼い男児のような声か。聞きたいなー。「おれは医者だぞ」とかいうのかな、その声で。ひゃー可愛い。……なに? 不思議な丸薬でいろんな姿に変身もできるって? ……あ、そういえば、エニエス・ロビーでもバカでかいモンスターが暴れたっていう報告があったけど、あれのことかな。

知れば知るほど、彼のチョッパーへの愛着は深まり、知れば知るほど、あの、ちっこい、キュピーンとした姿のときの破壊力が増《ま》すのであった。

ただの可愛いマスコットじゃない、いろいろなものを背負っての、あのキュピーンなのだと思うと、ああもう、たまらないのである。

だがしかし――

チョッパーがどれほど可愛かろうと、どれほどキュピンキュピンしていようと、ゆるがせにできない事実がある。それは、チョッパーが海賊であり、自分が海兵であるということ。

海兵は海賊を追い、逮捕せねばならない。状況によっては、その命を奪《うば》うことも――

命を奪う？　無理無理無理無理無理。想像した途端、思考停止。息ができなくなる。

だから、チョッパーへの想《おも》いが深まれば深まるほど、彼は葛藤《かっとう》に苦しんだ。会いたい。

いや、会いたくない。いや……。

万一麦わらの一味と遭遇《そうぐう》したとき、彼は自分が海兵として正しい行動をとれるか、自信がなかった。〝波頭の仁王〟として、正義の刃《やいば》を振るうことができるのか、それともチョッパーへの〝愛〟に殉《じゅん》ずるのか……。

幸《さいわ》い、という言い方が適当かどうかはわからないが、彼はエニエス・ロビーの一件以後は、麦わらに関係した任務につくことはなかった。

ゆえに、麦わらの一味に対する態度を保留のままにしておくことができた。

だがそれが、今回の任務でそうもいかなくなったのである。

麦わらの一味を逮捕せよ――その命令を受けた瞬間から、彼は煩悶《はんもん》と葛藤の炎に焼かれた。

どうすればいいのだ……!!

海賊は憎し、だがチョッパーはかわゆす。

その、「かわゆす」の乗り込んだ船へと、いま砲弾がぐんぐん迫っていく――

……当たるな当たるな当たるな……

「――当たるなーっ!」

砲弾は――当たらなかった。麦わらの船のすぐそばに着水したが、船体にダメージは与えていなかった。よかった。だが、かたわらの部下がいった。

「大佐、今、『当たるな』と!?」

はっ、いかんっ! 声に出ていたかっ。彼は慌《あわ》てて取《と》り繕《つくろ》った。

「い、いってなーい! えーと、そう、『たるむな!』といったんだ、『たるむな!』と! 気を引《ひ》き締《し》めろと!」

「そうでしたか! 失礼しました!」

というやりとりの間も、指揮官の声に従って追撃の砲弾が放《はな》たれていく。

ドドドォン！　ドドォン！

げっ！　ちょっ！　多いって！　これだけの数の砲弾、絶対どれかは命中するはずだ。

だめー‼　チョッパー逃げてぇー‼　と、彼が絶叫しかけたときだ。

無数のピンク色の矢が飛来し、砲弾のすべてに突き刺さった。そのせいで砲弾は標的から逸《そ》れ、すべてが海に落ちていく。

なにが起こった⁉　と、うろたえる艦の前方に、いつのまに接近していたのか、一隻《いっせき》の海賊船が現れた。二匹の大蛇《だいじゃ》が曳《ひ》く海賊船——〝海賊女帝〟ハンコックの船だ。ピンク色の矢も、ハンコックが放ったものに違いない。

「待て‼　撃ち方やめっ‼」と、少将の声が飛ぶ。

なぜハンコックがここへ現れたのかはわからない。わからないが——

「ナイスだ‼　ハンコック‼」

と、彼は笑顔でガッツポーズをとっていた。それをすかさず部下が見とがめる。

「大佐⁉　今、『ナイスだ』と仰《おつしや》いましたか⁉」

「ん⁉　あ、阿呆《あほう》！　そんなことというはずがないだろうが！　その、あれだ、『なんてやつだ』といったんだ！　『なんてやつだ、ハンコック！』と、そういったんだ！　間違いなく！」

「そうでしたか！」

「そうだ！　ええい、いまいましい女帝めェ！」

と、彼は急いで怒《いか》りの表情を作る。

「九蛇《クジャ》海賊団!!!　そこで何をしてる!!!　任務を妨害する気か!!?」

少将が、こちらは本気の怒りを帯《お》びた声で抗議する。だが、それで怯《ひる》むハンコックではない。

「誰じゃ、わらわの通《とお》り路《みち》に軍艦を置いたのは!!」

と、こうだ。噂《うわさ》通りの驕慢《きようまん》さである。

なんだと、そこをどけ、海軍に盾突《たてつ》く気か、と、海兵たちもさかんにいい返すが、その目がみんなハートマークになってしまっているのは、ハンコックの美貌《びぼう》のせいだ。

だが、この艦にあって、彼――〝波頭の仁王〟だけはハンコックの美しさに心を奪われていなかった。

今、彼の心にあるのは、
チョッパー逃げてぇ！　――この一念のみである。

今のうちに！　うちの艦とハンコックがもめてる今のうちに！　チョッパーよ、麦わらよ、頼むから逃げてくれ——!!

祈りは通じた。

ぼんっ、と麦わらの船がシャボンに包まれた。コーティングというやつだ。すぐに船体が沈み始める。急げ、急げ、急げー!!

気づいた海兵が声を上げた。

「少将殿!!　海賊船が海中へ逃げます!!」

少将が激怒する。目をハートにして、「貴様ら、奴《やつ》らがどれ程《ほど》の凶悪犯かわかっているのか♡」

だが、もう遅い。麦わらの船は完全に見えなくなり、彼らの軍艦で追うことはかなわなくなった。

麦わらの一味は脱出に成功したのである。

「……助かった」

と、思わずもらした彼の呟《つぶや》きを、またしても部下が聞きとがめる。

「大佐、今、『助かった』と？」

ええい、いちいちうるさいやつめ。

彼は部下をギロリとにらんでいった。

「ああ、そうだ。『助かった』といったんだ、おれは」

部下が戸惑《とまど》いの表情を浮かべる。

「あの、それは、どういう……？」

「今日のおれは虫の居所が悪い。もしやつらの船に乗り込み、斬り合いになっていたら、おれは手加減できずにやつらを全員殺してしまっていただろう。デッド・オア・アライブの賞金首とはいえ、全員デッドではさすがにまずいだろうからな」

そこで彼は、なるべく酷薄《こくはく》に見えるように笑《え》みを浮かべた。

「な、なるほど。『助かった』とは、連中が命拾いしたと、そういう意味でしたか。さすがは大佐」

畏《おそ》れと尊敬の入り混じった目で見つめてくる部下に、一度うなずき返すと、彼は視線を海に戻した。

改めて、こっそりと安堵《あんど》の息をつく。

今回の任務、時間にすればわずかなものだったが、ここまで気力を消耗《しょうもう》した任務もついぞなかったように思う。

今頃チョッパーも船のなかでホッとしているだろうか。「ふう、命拾いしたなー！」なんて、可愛らしい声でいいながら。あるいはもっと現実的に、シャボンのコーティングが割れちゃわないか心配しているだろうか。「大丈夫か、これー!?」なんて。どちらの場合を想像しても、彼の口元は、ムフッとなる。

だが、安堵のあとには苦《にが》い感情も湧《わ》き上《あ》がってくる。

海兵が海賊を逃がして安堵するとは何事か、という自身への叱責《しっせき》から来る苦みだ。

チョッパーへの〝愛〟か、海兵としての本分か。答えは、まだ出そうにない。出口のない葛藤は、これからも彼を苛《さいな》み続けるだろう。

今夜は飲もう、と彼は決めた。この苦みは酒で洗い流すのだ。チョッパーにちなんで、名前に「桜」の文字の入った酒を自宅に置いてあるのだった。

彼はコートをひるがえすと、甲板の部下たちに向き直った。厳しいその表情は、もう〝波頭の仁王〟のそれに戻っていた。


ささやかな後日談を一つ。

〝新世界〟へと船出した麦わらの一味は、その後ドレスローザにおいて、王下七武海《おうかしちぶかい》の一角、ドフラミンゴを打ち倒した。

それにより一味の手配書は更新され、チョッパーのものも新しくなった。

懸賞金額は百ベリー。写真はやはり、わたあめをなめているところである。

自室に鍵をかけ、手配書を手にした彼は悶絶《もんぜつ》した。


やっぱり、かーわーいーいーいー!!

〝偉大なる航路《グランドライン》〟
「バルティゴ」
革命軍《かくめいぐん》
総本部《そうほんぶ》——
ドラゴンさん…!!
世界各地《せかいかくち》で
ゴオオ…!!
ワー
ワー
反乱軍《はんらんぐん》が
フフッ
……ええ…
〝革命《かくめい》の灯〟
ドドドッ
……

バルティゴの少女

……このように、発掘された文書の年代を推定する技術は少しずつ進歩していった。そこには先人たちの苦闘《くとう》の積《つ》み重《かさ》ねがあり、「真実」を知りたいという人間の飽《あ》くなき探求心が……

1

「まーた本なんか読んでんのかよ！」

活字を追っていると、山猿《やまざる》みたいなキーキー声が降ってきた。〃ボサ男《お》〃の声だ。ああ、もう、とわたしは天を仰《あお》ぐ。

ボサ男は、背負っていた鉄パイプを苦労して下ろすと、わたしの隣の椅子《いす》に腰かけた。

「んで、今日《きょう》はなに読んでんだー？」

「別になんでもいいでしょ」

わたしは『考古学史概説《がいせつ》』をぱたんと閉じると、ふんっと体ごとそっぽを向いた。

まったく、なんでボサ男は、わたしの貴重な読書時間を毎度毎度邪魔しに来るのだ。書庫で読んでいても、資料室で読んでいても、今日なんて、場所を変えて食堂の隅《すみ》っこで読んでいたのに嗅《か》ぎつけられてしまった。山猿のカンが鋭いってこと? いや、違う。単にこいつがヒマなだけだ。山猿も歩けば読書少女に当たる――

「お前さー」と、ヒマな山猿のキーキー声が続く。「何回もいってるけど、ここは革命軍、だぞ、革命軍。軍ってことは、ここにいるみんなが兵士なんだ。お前も、本ばっか読んでないで、もっと体を鍛《きた》えるとかしたほうがいいんじゃねーの?」

「ほっといてよ。わたしは本が好きなの」

「本読んで強くなれんのかよ。おれみたいに毎日訓練しとかないと、いざってときに戦えないぞ」

ボサ男はいって、得意げに拳《こぶし》を固めてみせた。

なーにが訓練よ。あんたがやってるのはただの遊びでしょ。自分より年下の、六つか七つのチビたちを集めて、大人《おとな》がやってる訓練の真似事《まねごと》をしてるだけじゃないの……といい返すことすら時間の無駄だと思って、わたしは黙っていた。ボサ男とのやりとりを早く切り上げて、本の続きを読みたかったのだ。

だが、ボサ男はそんなわたしの気持ちなど察することもなく喋《しゃべ》り続ける。

「おい、それよか聞いてくれよ。おれ、とうとうサボさんの竜爪拳《りゅうそうけん》を使えるようになったんだぜ」

「あんたが？」

放っておけばいいのに、うっかり聞き返してしまった。

「ああ。毎日握力《あくりょく》を鍛え続けたおかげでさ、さっきリンゴを握《にぎ》り潰《つぶ》すのに成功したんだ。……まあ、潰すまではいってない感じだけど、あれはほぼ潰れたっていってもいいな、うん」

「ふーん。おめでとー」

「おう、ありがとう」

目をキラキラさせるボサ男を見ながら、ほんと男の子って単純だな、とわたしは思う。

いや、男の子が、というよりボサ男が、てことかもしれないけど。

ちなみに「ボサ男」というのは、本当の名前じゃなくて、わたしがつけたあだ名だ。革命軍のナンバー2《ツー》、参謀《さんぼう》総長のサボさんに憧《あこが》れているけれど、全然あんなふうにはなれそうもない。だから「サボ」の反対で「ボサ」。ゴーグルを額《ひたい》に載《の》せ、鉄パイプを背負って、なんとか外見は近づけようとしているけど、ゴーグルは片方のレンズにひびが入っているし、鉄パイプも長すぎて、時々がらがらと引きずっているから、いまいちしまらない。

歳《とし》は十歳でわたしと同じ。でも、ここバルティゴの革命軍総本部に保護されたのが、わたしより一年早かったってことで、なにかにつけて先輩風を吹かす。まあ、チビたちの面倒見もいいから、悪いやつじゃないんだろうけど、わたしの読書を邪魔するのだけは本当に勘弁《かんべん》してほしい。

「どうせなら、武器の使い方とか、爆弾の作り方とか、そういう本読めばいいじゃん」

「興味なし。わたしは考古学者になりたいの」

「おれが教えてやろうか？　竜爪拳」

「結構よ」

あんたに習うくらいだったら、コアラさんに魚人空手《ぎょじんからて》を教わるわよ――と続けようとしたけど、うーん、でも、やっぱりそれも嫌《いや》かな。荒っぽいことはどうしても好きになれないのだ。

「あとさ、もう一個ニュースあんだけど」と、ボサ男が続ける。

「なによ。まだあんの？」

いつもなら一言二言《ひとことふたこと》冷《ひ》やかして、すぐに撤退《てったい》するボサ男が今日はずいぶんと長《なが》っ尻《ちり》だ。

「そう怒んなよ。お前もきっと驚くニュースだぞ」

「わたしも？」

「ああ、大人たちが話してるのを聞いたんだけどさ、近々ここに、あの人、ニコ・ロビンさんが来るらしいぞ」

「えっ……!?」

思わず体ごと向き直ると、ボサ男が、な、驚いたろ？ みたいな表情で鼻をふくらませた。

2

案内役のバニー・ジョーさんに先導《せんどう》されて、ニコ・ロビンさんが本部の建物に入ってきた。気づいた者が作業の手を止めて口を噤《つぐ》む。静寂《せいじゃく》が、さーっと広がっていった。

ロビンさんはそのまま総司令官のドラゴンさんや、他の偉い人たちが集まる部屋に向かっていったから、わたしたちがその姿を見られたのはわずかな時間だったけれど、それでもロビンさんの存在感には圧倒された。つややかな黒髪と、深い色をした瞳《ひとみ》、凛《りん》とした横顔は、まさしく知と美を兼《か》ね備《そな》えた大人の女性だった。

「あの人が、〝革命の灯《ともしび》〟……」

ロビンさんの去ったほうを見ながら、大人の兵士の誰かがぽつりと呟《つぶや》いた。

「灯っつーだけあって、たしかにロウソクみたいにヒョロ長かったな」

というバカなコメントは、わたしの隣にいるボサ男だ。じろりとにらんだわたしに気づかず、

「ロウソクにしては、オッパイでかかったけど」

と鼻の下を伸ばすもんだから思いきり足を踏んづけてやった。「いって！　なにすっだよぉ！」とわめく山猿を、わたしは意識から締《し》め出《だ》す。

〝革命の灯〟——革命軍は、ロビンさんのことをそう呼び、もう何年もずっと行方《ゆくえ》を追い続けていたという。その言葉の意味するところを、わたしは正確には知らないが、想像することはできる。「灯」というからには、ロビンさんは何らかの闇《やみ》を照らす存在なのだ。

それはきっと、世界の闇、歴史の闇。その闇に照射される光が、おそらくはロビンさんの

深い「知識」であり、豊かな「言葉」――

話してみたい、あの人と……。わたしもロビンさんの去ったほうへ目をやった。

オハラ唯一《ゆいいつ》の生き残り。そして、世界で唯一、古代文字を読める人物――

将来の夢を「考古学者」と決めたときから、ニコ・ロビンという女性は、わたしにとって一度は会って話してみたい、憧れの存在だった。

でも、ロビンさんはいつまでいてくれるんだろう、本部《ここ》に……。わたしは少し不安になった。ドラゴンさんたちと話をしたら、またすぐどこかに行ってしまうんじゃないだろうか。それに、もし滞在期間が長かったとしても、そもそもわたしみたいな子どもが、ロビンさんのそばに行ける機会があるのだろうか。行けたとしても、ロビンさんが気安く雑談に応じてくれるような人かどうかもわからない。

でも、だけど――やっぱり話してみたかった。生まれた国と、この〝白土《しらつち》の島〟しか知らないわたしに、世界のこと、歴史のことを教えてほしかった。

そして、その機会は意外に早く訪《おとず》れたのだった――

3

ロビンさんが本部に到着した二日後、食堂で本を読んでいたわたしに、幹部兵士の人が声をかけてきた。

「すまないが、ロビンさんのところへ、このコーヒーを持っていってくれないか」

あとから考えてみると、このおつかいは、幹部兵士の粋《いき》な計《はか》らいだったのかもしれない。わたしが考古学者になりたがっていることを知っていたこの兵士が、偉大なる先輩のもとへわたしを差し向けてくれた、少しでもロビンさんと話せるといいね、という期待を込めて——真実はわからないけれど。

ともあれ、このときのわたしは、突然の幸運に小躍《こおど》りしたい気分だった。やった！　ロビンさんのそばに行ける！

「はい、すぐに！」と答え、読んでいた本を小脇《こわき》に挟《はさ》み、コーヒーカップとポットの載ったトレーを幹部から受け取った。

「おれも一緒に行ってやろうかー？」というボサ男に——そう、こいつもここに来ていたのだ、いつもみたくわたしの読書をからかいに。ほんと、ヒマ人——「結構よ」と返し、わたしは幹部兵士にロビンさんのいる場所を聞いた。

奇岩に直接鑿《のみ》を振るって作られたような革命軍総本部の建物は、中ほどに広いテラスのような場所がある。

ロビンさんはそこに一人、椅子に腰かけていた。かたわらには小さなテーブルがある。風になびく髪を時々押さえながら、ロビンさんは分厚《ぶあつ》い本を読んでいた。

その姿を目にした途端、わたしは急に緊張で体が固くなってしまった。浮かれた気持ちでここまで来たけど、ロビンさんとうまく話せなかったらどうしよう、それ以前に冷淡な対応をされたらどうしよう、と、にわかに不安が兆《きざ》してきたのだ。

「あっ——」

と、つまずいてしまったのは、だからその緊張のせいだ。

わたしはバランスを崩《くず》し、トレーに載せたポットとカップが下に——落ちるのはまぬがれた。フワッ、と、わたしの手首から別の手が咲いて、傾いたトレーや、転げ落ちそうになったカップやポットを押さえたのだ。ついでにいうと、わたしの脇から落ちた本は、地面から咲いた手がキャッチしてくれていた。

「大丈夫？」

頭が真っ白になっていたわたしに、ロビンさんがそう声をかけてくれた。

「あ、あの、……はいっ！」

「よかった」

微笑《ほほえ》んでくれたロビンさんを見て、わたしの緊張もゆるやかに解《と》けていった。

4

「考古学者になりたいの？」

わたしの落とした本を見て、ロビンさんがいった。その本は、ある古文書《こもんじょ》の写本を集めて作られたものだった。自分でいうのもなんだけど、なかなか難しい本だ。十歳のわたしには、まだまだ手強《てごわ》い。

「なりたいです」とわたしは答えた。そして、ちょっと図々しいかな、と思いつつ、でもこんな機会は滅多《めった》にないのだから、と勇気を出して続けた。「あの、この本でわからないところがあるんです。教えてもらってもいいですか……?」

「もちろん、いいわよ」

ロビンさんが、もう一脚ある椅子を勧《すす》めてくれたので、わたしはテーブルに本を開いた。いろいろな文献を参考にして、自力で読み解こうとしている古文書だが、どうしても読めない箇所《かしょ》があるのだ。わたしはそれを指で示した。

「……この一文が読めないんです。知らない文字もたくさんあって。たとえば、この文字とか」

「ああ、これは一種の装飾文字ね。つまり、この装飾自体はなくても文の意味は通るの。王様に捧《ささ》げる文書などには、こういう装飾文字を配置したりするのよ」

海円暦《かいえんれき》のこの年代の文書には時々見られる書き方で、装飾文字と呼ばれるものには他にこういう種類があって……

……驚いた。そして感動した。わたしが何か月もうんうん唸《うな》っている箇所を、ロビンさんはひとめで読み解いた。当たり前といえば当たり前なのだけど、すごすぎて、鮮《あざ》やかすぎて、わたしは笑いだしそうになってしまった。

そのあとも、しばらくロビンさんはわたしの質問に付き合ってくれた。ロビンさんの知識を、ロビンさんのそばで、ロビンさんから直接教えてもらえる。わたしにとってそれは至福の時間だった。自分の知識が増える喜びももちろんある。だけど、もう一つ、ロビンさんのそばにいると、不思議に安らいだ気持ちになるのだった。

なんだろう、この感じ——そう、まるでお母さんといるときのような、そんな気持ちに……。

「あなたはどうして考古学者になりたいの？」

質問が一段落したあと、ロビンさんに聞かれた。

わたしは思わず目を伏《ふ》せた。幸せな時間のなかで、微笑みっぱなしだった口元が、真顔《まがお》のときのそれになった。

話せば辛《つら》い気持ちが蘇《よみがえ》る。でも、ロビンさんなら、オハラという故郷を失ったロビンさんになら……。

わたしは顔を上げた。

「……わたしの生まれた国は、〝北の海《ノースブルー》〟の小さな島です。でも、その国はもう、世界貴族に支配されて、元々住んでいた人は奴隷《どれい》になったか、わたしのように国外に逃げたか、そのどちらかなんです……」

小さな島には豊かな鉱物資源があった。世界貴族がそこに目をつけ、軍隊を投入した。抵抗する勢力はいたし、革命軍の応援も来てくれたが、結局故郷は世界貴族の暴力に屈することになった。戦火に巻き込まれ、わたしの家族はみんな命を落とした。わたしも、革命軍に保護されなかったら、あの地で死んでいたはずだ。

「……世界貴族はわたしの故郷の国土を奪《うば》い、資源を奪い、それだけじゃありません、言葉も奪いました」

わたしの故郷は世界に通じる公用語とは別に、もう一つ独自の言語文化を持っていた。だが世界貴族はその言語を——殺した。

〝そのような言葉は汚《けが》らわしいえ〟

〝下劣《げれつ》な民《たみ》の言葉は無くすのがいいアマス〟

その言語の使用は禁じられ、その言語で書かれた書物はすべて焼かれた。

「……辛かったわね」

ロビンさんがそっと呟くようにいってくれた。はい、とても、というようにわたしはうなずいた。

「でも、わたし思うんです。世界の歴史上には、わたしの故郷と同じような目に遭《あ》った国や言葉が、まだあるかもしれないって。存在していたのに、存在していなかったことにされたような……。だからそういう国や、言葉を、わたしは……」

考古学者になって、救い出してあげたい……。

「そう……」ロビンさんは静かにうなずいた。「立派な志《こころざし》だと思うわ」

「叶《かな》うかどうかわからない夢ですけど……」

「叶えたいのなら」ロビンさんはわたしの髪に優しく触れた。「たくさん本を読んで、いろんなところに足を運んで、いろんなものを見て、自分の頭で考えるの。いい？」

「……はい」

「あなたが考古学者になってどんな仕事をするのか、私は楽しみに待っているわ」

「……はいっ！」

わたしは大きくうなずいた。故郷を失った過去を持つ者同士、だけど、慰《なぐさ》めや同情の言葉ではなく、まっすぐなエールをくれたのが嬉《うれ》しかった。わたしの口元はもう笑顔を作っていた。

「あ、そうだ、ロビンさん。この本部に、わたしと同い年の男の子で、すっごくメーワクなやつがいるんです」

わたしはボサ男の話をした。雰囲気がちょっぴり湿っぽくなっちゃったから、こんなとき、空気を変えるのに、あの山猿の話はもってこいだ。

わたしがどこで本を読んでいても、わざわざ寄ってきて冷やかすんです――

「そう、わざわざ」ロビンさんはくすりと笑った。

「ほんと、勘弁してもらいたいんですよね。で、そいつ二言目には、お前も革命軍にいるんだから戦う訓練をしろって、そればっかり」

あ、でも――と、そこでわたしは声のトーンを少し落とす。

「……ほんとはボサ男のいうことも、全部が全部間違いじゃないな、とは思うんです。だって、どれだけたくさん本を読んでも、敵を倒したり味方を守れたりはしないから……」

「そんなことはないわ」

尻すぼみになったわたしの声に、ロビンさんのくっきりとした声が続いた。

「戦い方は人それぞれよ。それに、戦いに使うものは銃や剣に限らないわ。『知識』や『言葉』も武器になるの。銃弾で撃ち抜けないものでも、知識や言葉がそれに打《う》ち克《か》つことだってあるわ」

「……知識や、言葉も、武器になる……」

嚙《か》みしめるようにゆっくりと繰《く》り返《かえ》してみると、だんだん勇気が湧《わ》いてくるのがわかった。

「私はそう信じてる」

ロビンさんの深い色をした瞳が、わたしを見つめていた。

「……はい！」

やっぱりすごい人だ、ロビンさんは。知識だけじゃない、わたしはこの授業で、戦う勇気も分けてもらうことができた。そして、ふと思った。

こんなにすごい、こんなに完璧《かんぺき》なロビンさんでも——わたしは尋《たず》ねてみた。

「ロビンさんでも、なにかを怖《こわ》いと思ったりしたことはあるんですか？」

「そうね……」ロビンさんは少し考える素振《そぶ》りを見せてからいった。「たった一人で、海軍や世界政府から逃げていた頃は怖かったわ。——でも、今はもう平気」

「平気、ですか」

「ええ。とっても強くて信頼できる仲間ができたから」

そういってロビンさんは、今日一番の大きな笑《え》みを見せてくれた。ぱっと花が咲くような笑み。

ミステリアスに微笑むロビンさんもいいけど、こんな笑顔のロビンさんも素敵だな、と、わたしもつられてまた笑顔になっていた。

「ねえ」と、ロビンさんが続けた。今度はなにかを思いついたような、悪戯《いたずら》っぽい笑み。

「さっきの男の子の話だけど」

「ボサ男ですか」

「そう。もしまた、その子があなたの読書を冷やかしに来たら、こういってみたらどう？

——」

5

「ひゃーっ！　小せェ字！　よくこんな本読んでられるなー！　おれなら一秒で寝るわ」

ロビンさんと話した翌日、書庫で本を読んでいると、例の如《ごと》くボサ男が現れた。

「つーかよぉ、お前マジで戦う訓練しとけって」

なによ、と、いつもならそっぽを向くところ。でも、今日のわたしはそうしなかった。

コホンと咳払《せきばら》いをし、おもむろに口を開いた。

「はっきりいっておくわね。わたしは戦うのは得意じゃないの。だから決めた。戦うのが得意な仲間に守ってもらおうって」

そこでわたしはボサ男にぐっと顔を近づけた。

「というわけで、わたしのこと、しっかり守ってね！」

「あ」ボサ男の顔がみるみる赤くなっていく。「あ、あたり、まえ、だ、ろ……」

その日を境《さかい》に、ボサ男はわたしの読書を邪魔しなくなった。どこで読んでいても姿を見せるのは変わらないけど、近くまで寄ってきて冷やかすってことはなくなった。微妙な距離で立ち止まり、わたしと目が合うと、さっと視線を外《はず》す。頬《ほお》を赤くして。

よかった、と、わたしは胸をなでおろす。これでやっと静かに読書ができる。

ほんと、ロビンさんのいう通りだ。言葉は武器になる……なんてね。

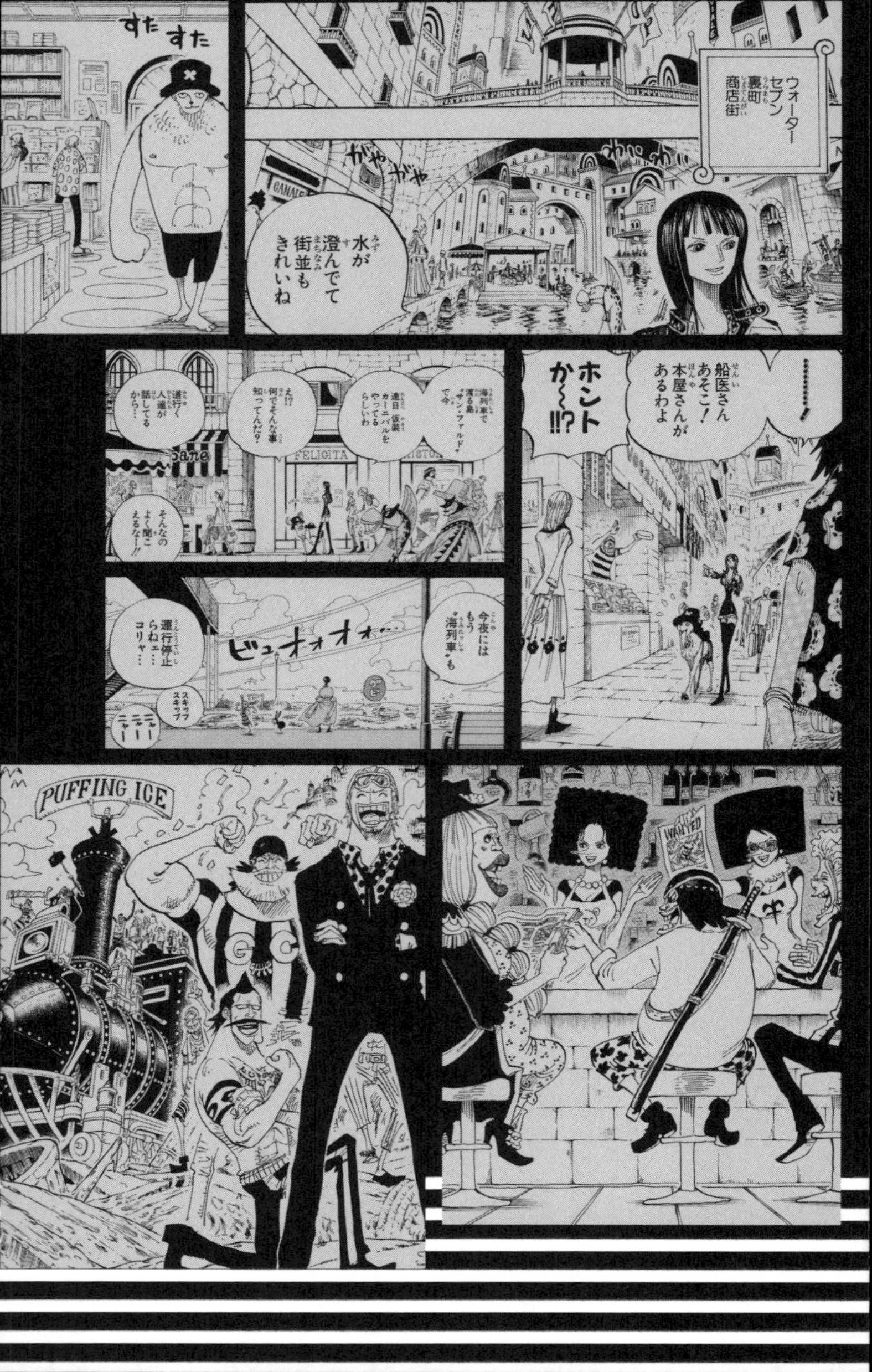
ウォーター セブン 裏町《うらまち》 商店街《しょうてんがい》
がや がや
わいわい
水《みず》が 澄《す》んでて 街並《まちなみ》も きれいね
すた すた
……！
船医《せんい》さん あそこ！ 本屋《ほんや》さんが あるわよ
ホント か〜!!?
海列車《うみれっしゃ》で 渡《わた》る島《しま》 "サン・ファルド"で今《いま》
連日《れんじつ》 仮装《かそう》 カーニバルを やってる らしいわ
え!? 何《なん》でそんな事《こと》 知《し》ってんだ!?
道行《みちゆ》く 人達《ひとたち》が 話《はな》してる から…
そんなの よく聞《き》こ えるな〜!!
今夜《こんや》には もう "海列車《うみれっしゃ》"も
ビュオォオォ…
運行停止《うんこうていし》 らねェ… コリャ…
スキップ スキップ
ニャー ニャー ニャー
PUFFING ICE
WANTED

むくれ顔ブックストアガール
ムンッ!!
うわあ

1

「ありがとうございましたー」

平板《へいばん》な声でいって、あたしは袋に入れた『月刊・船大工《ふなだいく》』をお客さんに渡した。

レジ前は、行列というほどではないけれど、何人か会計待ちをしているお客さんが立っている。

そして、次のお客さんもまた、手にしているのは『月刊・船大工』。

やー、ほんとよく売れるわ、この雑誌。半《なか》ば呆《あき》れながら、あたしはお金を受け取ると、お客さんにおつりを返し、商品を渡す。まあ、ここウォーターセブンは造船業の町だから、この手の雑誌は売れて当然なのかもしれないけれど。

「ありがとうございましたー」

と、お辞儀をしたところで、ヒック、としゃっくりが聞こえた。

顔を上げると、次のお客さんは町の有名人、ココロさんだった。頬《ほお》をほんのりと赤くした、お酒の好きなシフト駅《ステーション》の駅長さんだ。

ココロさんもやはり『月刊・船大工』を手にしていた。

「んががが、今月のゲッツフナはいつもよりよく売れるだろ？　なんせフランキーが表紙だからね」

そういって、表紙の人――丸坊主《まるぼうず》にサングラスの男を指さす。

へー、ゲッツフナって略すんだ、この雑誌、という軽い驚きのあと、「いつもより」といわれても、あたしはここで働きだしてまだ一週間くらいだから、「いつも」を知らないんだよな、という素朴《そぼく》な思いを抱《いだ》き、そのあとで、それはそうとフランキーって誰？　という疑問がやってきた。

あたしの反応が鈍《にぶ》かったからだろうか、ココロさんが続けた。

「フランキーを知らないかい？　この町出身のチンピラ船大工、今は麦わらの一味の船大工さ」

と、いわれても、船にも船大工にも――ついでにいうならこの町にも――特に思い入れのないあたしの表情は動かない。表紙のフランキーさんって人は、ニカッと太陽みたいに笑っているけれど。

あたしはおつりと商品をココロさんに渡し、

「ありがとうございましたー」

と、一礼した。

で、次のお客さんがまた、『月刊・船大工』を持っていた。これだけ同じ人物の笑顔を連続して見せられると、思わず笑ってしまいそうになる——けど、あたしは笑わない。笑えない。

「ありがとうございましたー」

と、そのお客さんにお辞儀して、顔を上げたところで気がついた。

さっき会計を済《す》ませたココロさんが、まだレジの近くに立って、あたしのほうを見ているのだ。

あれ？　あたし、おつりの間違いでもした？

でも、そうじゃなかった。

ココロさんがいった。

「あんた、ずいぶん無愛想なんだねえ。笑うと、きっとベッピンさんだろうに、もったいない」

そのいい方は、怒っているというより不思議に思っている感じだった。

うん、自覚はある。笑わない。それどころか、むくれ顔だ、バイト中のあたしは。

でも、すいません。

商品の補充はしても、笑顔の補充は今のところ予定ナシなんです。

あたしはココロさんにあいまいな会釈《えしゃく》を返しただけで、次のお客さんに視線を移した。

2

とある春島《はるじま》から、あたしが、ウォーターセブンに引っ越してきたのは、一か月前のことだった。

引っ越しの理由は、超ベタ。「お父さんの仕事の都合」ってやつ。

お父さんの勤めていた会社が倒産してしまい、次の就職先を探さなきゃいけなくなったのだ。

幸《さいわ》いお父さんは計算が得意だったから、知り合いから、うちの会社に来ないかと誘ってもらうことができた。その会社というのが、ウォーターセブンにあったのだ。

再就職の口がすぐに見つかって、お父さんとお母さんは嬉《うれ》しそうだったけど、あたしはあんまり喜べなかった。

「だって、ウォーターセブンに引っ越さなきゃいけないんでしょ？　やだなー」

引っ越すってことは、去年友達と作ったダンスチームを抜けなきゃいけないってことだ。コンテストに向けて練習しまくっていたのに悲しすぎる。

「引っ越しといっても、距離にして千キロちょっとだ。一日半の航海で帰れるぞ」

なんてお父さんはいったけど、わかってない。気楽に行き来できないという意味では、千キロも二万キロもあたしには同じなのだ。

で、やってきたウォーターセブン。水路が縦横《じゅうおう》に広がる町並《まちな》みは異国情緒《じょうちょ》たっぷりで、お母さんは島に着くなり「素敵！　最高！」なんてはしゃいでいたけど、あたしはビミョーだった。

景色が綺麗《きれい》なのは認める。町並みのどこを切り取っても絵葉書になるぐらい綺麗だ。

でも、でも、この湿気よ！

水路が多いから、町はどうしても湿りがちだ。そして、クセの強いあたしの髪は、その影響をモロに受けてしまうのである。おかげで、島に着いて早々にあたしのボブはサイドがふくらみ、望んでもいないのに毛先が内側にカールしてしまった。

あーもー、春島の気候が懐《なつ》かしいよー！

……という嘆《なげ》きで始まったから、あたしのウォーターセブンでの生活は基本的にむくれ顔だ。

本屋さんのアルバイトも、最初は楽かと思ったけど全然そんなことなくて、商品の補充は重労働だし、お客さんの問い合わせで売り場を右往左往することもしょっちゅうだ。

でも、そんなことはまだいい。

困るのは配達の仕事のときだ。造船所の近くを通りかかると、なんだか海賊チックなおっかない男たちがいたりして、ビビりなあたしは足が竦《すく》んでしまう。

髪の毛はまとまんないし、ダンス仲間はいないし、町の印象はおっかない。

だから――今日もあたしはむくれ顔でお店に立つのだった。

3

本屋さんでアルバイトをして思ったのは、世の中にはいろんな雑誌があんのね、ということだった。

『月刊・船大工』も、たぶん本屋さんで働いていなかったら、一生知らないままだったろう。

で、ゲツフナが入荷した翌週、あたしはまた未知なる雑誌と遭遇していた。

『月刊・ロボ&サイボーグ』

こんな雑誌があったんだ、という驚きは正直ゲツフナほどじゃなかったけど、驚いたのは、表紙がまたフランキーさんだったことだ。でもって、そのフランキーさんがロボットだったことだ。

え、この人、ロボットだったの？　ゲツフナの表紙のときは人間だったけど、このゲツロボの表紙では、頭にドリルのついたロボットの姿をしている。謎《なぞ》だ。

表紙には特集記事の見出しの文字が躍《おど》っている。

〝ロボット好き男子必見！　合体ロボ・フランキー将軍、魅惑《みわく》のフォルムとスペックの全容!!〟

ロボット好きでもないし、男子でもないから、あたしにはピンとこない。

ただ、先週さんざん笑顔を見せつけてきたおじさんが、今週は文字通りの鉄面皮《てつめんぴ》で無表情なのは、落差がありすぎてちょっとおかしかった。

で、雑誌コーナーの平台《ひらだい》にゲツロボを積んでいると、今日《きょう》も有名人が買いに来た。

「ンマー、弟弟子《おとうとでし》のスペックは一応チェックしとくか」

「なんだか、どんどん人間離れしていきますね、あの野郎」

二人組の男性客は、ウォーターセブンの市長のアイスバーグさんと、パウリーさんだった。『ガレーラカンパニー』という造船会社の社長さんと副社長さんでもある――ということぐらいは、島に来て日が浅いあたしでも知っていた。

でも、

「弟弟子って……？」

つい口からこぼれてしまった疑問に、アイスバーグさんが反応した。

「ああ、おれと、このフランキーってのは師匠《ししょう》が同じなんだ。おれたちはトムさんっていう船大工の弟子でな、ンマー、いわゆる同門ってやつだ」

「トムさんは海列車《うみれっしゃ》を造《つく》った凄腕《すごうで》の船大工だ。この島最大の功労者だな」

と、パウリーさんも補足してくれたけど、この島には船で来たから、あたしはまだ海列車というものに乗ったことがなかった。

「ロボットなんですか、このフランキーさんって人」

あたしが重《かさ》ねて聞くと、

「いや、この島を出るまではロボットじゃなかったんだけどな」とアイスバーグさん。

「サイボーグではあったけどな」とパウリーさん。

サイボーグではあったんだ！　と、つっこみそうになったが、それもなれなれしいような気がしたから控えておいた。

あいつ、今頃どこでなにしてんだろーな――

また変な歌でも弾《ひ》き語《がた》ってんじゃないすか――

あたしが作業する隣で、二人は楽しそうにフランキーさんの話をしている。そんな二人の様子《ようす》を見ていると、ついつられてあたしも笑顔に……はならず、反対に寂《さび》しい気持ちになってしまった。

みんなも、あたしのことをこんなふうに楽しそうに話してくれてるのかな……なんて、別れた友達のことを思い出してしまったのだ。

一昨日《おととい》、ダンスチームで一緒だった友達から手紙が届いていた。

来月のコンテストに向けて練習を頑張《がんば》っているよ。ダンスの振りつけの一部に、ロボットダンスを取り入れたらメッチャかっこよくなったよ、なんてことが書いてあった。

ロボットダンスかあ。ゲツロボの補充よりも、そっちのロボのほうがいいなあ。

あたしは、故郷の春島のある方向を見やった。

あ、やばい、マジで泣きそう。

だから、あたしは泣かないように、わざとむくれた顔をした。

4

出版界がフランキーさんに注目している、ということなのだろうか、これは。

またフランキーさんが表紙を飾る雑誌が入荷したのだった。

『季刊・ハードボイルド』

うーん……。なんともコメントに困る雑誌だ。

表紙のフランキーさんは、ロボットの姿ではなく、人間のバージョンだった。傷だらけの顔で遠くを見やり、今回は笑顔でも無表情でもなくシリアスな表情だ。

表紙には特集記事の見出しも出ていて、

〝ドレスローザから緊急リポート！　あのセニョール・ピンクと双壁《そうへき》をなすハードボイルド・ガイ登場‼〟

とある。

わからない。なに一つ。

ちなみに、パラパラと中身を見ると、特集記事はもう一つあって、

〝フランキー流ハードボイルドに生きるための10の掟《おきて》〟

掟その1——**「掟に縛《しば》られるな‼」**

声のでかさと勢いで突破しようとしている感じが太字のゴチックに表われていて、思わず笑いそうになる。ま、笑いはしなかったけれど。

それにしても、これは誰が読む雑誌なんだろう？　ゲツフナ、ゲツロボはマイナー雑誌ではあるけど、読者対象はわかりやすい。造船関係者であり、ロボ好きの人だ。でもこの

キカハーは？

と、思いながら、『季刊・ハードボイルド』を雑誌コーナーに並べていると、今回もまた町の有名人が買いに来た。

髪の毛を四角い板のような形にセットしたキウイさんとモズさんだ。話したことはないが、裏町で酒場を切《き》り盛《も》りしている二人だということは知っている。

「さすがはアニキ、体が硬いだけじゃなくて、生き方もハードだわいな」

「鋼鉄の体に秘められた、ひとしずくの優しさがアニキの魅力だわいな」

酒場の女の人と聞いて、ちょっと怖《こわ》い感じの人なのかな、と思っていたけど、雑誌を手にキャッキャッと話すキウイさんとモズさんは、なんだか可愛《かわい》らしかった。声をかけてみる気になったのは、だからそのせいだ。

「フランキーさんと親しくされてたんですか？」

あたしが聞くと、四角い板が二枚、こちらを向いた。

「親しいもなにも、アニキはあたしらの恩人だわいな」

「裏町でグレてたあたしらを妹分にしてくれたわいな」

フランキーさんは、麦わらの一味に加わる前、裏町のはみだし者たちを束《たば》ね、解体業兼賞金稼ぎをなりわいとする〝フランキー一家〟を構《かま》えていた。頭《かしら》のフランキーさんを、みんなはアニキと呼んで慕《した》っていた。そういう話を、キウイさんとモズさんが、かわるがわるしてくれた。

なるほど。人間なのかロボなのかサイボーグなのか、いまいち摑《つか》めない人物ではあるが、少なくとも面倒見のよい人ではあったみたいだ。

「アニキのことが知りたいなら、あたしらの店に来るといいわいな」

「お酒が飲めなくても、ジュースもあるわいな」

とまで二人はいってくれて、ここのところ人恋しかったあたしはジ～ンときてしまった。なんていい人。ちょっと年上かもだけど、このお二人とは友達になれるかも――と、表情を緩《ゆる》めかけたときだ。

あたしはふと、雑誌コーナーの端っこで、不審な動きをする二人組を見つけた。

十三、四歳くらいの男の子二人だ。大人《おとな》向けの雑誌が並んだ辺《あた》りにしゃがみ、ごそごそとなにをしているのかと思ったら、エッチな袋とじをちぎろうとしているではないか。

「ちょっと、あんたたち！」

あたしが鋭い声を出すと、

「やっべ！」

「見つかった！」

二人は乱暴に袋とじをちぎり取ると、そのまま逃げていく。

「待ちなさい！」と、追いかけようとしたあたしに、

「待つかよ、ブ～ス！」

「来んな、ブス！」

「ブ!?」

シンプルな暴言に、あたしは思わず足を止めてしまった。

二人組はあたしに向けて舌を出すと、そのまま店の外へ走り去っていった。

「あれは……」

「マイケルとホイケルだわいな」

キウイさんとモズさんが教えてくれたが、クソガキの名前なんかどうでもよかった。

あーもー！　やっぱりこの町、大っ嫌い！

5

だめだ……。

もう、無理。限界だ……。

あたしは——声を上げて笑った。

「あっはは！」

近くにいたお客さんが、こちらを見たので、すいません、と頭を下げたが、口元の笑《え》みは消せなかった。

にやにやしながら、そして、時々プッと吹き出しながら雑誌を並べていると、

「やっぱり笑うとベッピンさんじゃないの」

ココロさんの声がした。

「だって！」あたしは笑顔のまま、横に立ったココロさんにいった。「こんな雑誌が入ってきたんですよ⁉」

あたしがココロさんに見せた雑誌の表紙は、海パン一丁《いっちょう》でコーラを片手にニッカリと笑

ったフランキーさんだ。

雑誌のタイトルは──『マンスリー変態野郎《へんたいやろう》ぜ‼』

「変態野郎って、もう悪口じゃないですか」

それなのにフランキーさんは最高の笑顔だし、あと、『野郎』じゃなくて『野郎ぜ』ってところも、ほどよく変態チックだ。

目次のページを開くと、特集記事の見出しがずらりと並んでいて、

〝いま、一番ホットな変態、フランキーの2万3百字インタビュー！〟

〝フランキー先生が教えるスーパー変態弾き語りテクニック！「ギターを弾くな！客を引かせろ！」〟

〝変態文豪《ぶんごう》フランキーの書き下ろし小説一挙掲載！『変態が編隊で来て大変たい！アウッ！』〟

〝著名人が語るフランキーという男──

元CP9《シーピーナイン》長官スパンダム氏「あいつは八つ裂きにしても飽《あ》き足《た》りねえ！」

シフト駅《ステーション》・駅長ココロ氏「あたしが美人秘書だった頃の話をしようかね」

AND MORE……〟

「……これもう特集っていうか、まるまる一冊フランキーさんじゃないですか。しかもコロさん、ちゃっかりインタビューに答えてるし」

「んががが、著名人といわれたら、悪い気はしないからねえ」

あたしはニヤニヤしながら『マンヘン』の表紙を見る。ゲツロボやキカハーは買わなかったけれど、これは買って帰ろうかなあ、という気になっていた。見たいような見たくないような、禁断の世界ってやつだ。

「あのー……」

と、声をかけられたのは、そのときだった。

「はい」と振り返った途端、あたしの目は三角に吊《つ》り上《あ》がる。

「あーっ！　あんたたち！」

袋とじ強奪《ごうだつ》犯、マイケルとホイケルが立っていたのだ。

「すいませんでした！」と、マイケルが頭を下げ、

「すいませんでした！」と、ホイケルも頭を下げた。

二人はそれぞれ「マ」の字と「ホ」の字の入ったTシャツを着ているから区別がつけやすい。が、そんなことはどうでもよくて——

聞けば、キウイさんとモズさんに謝《あやま》ってこいと叱《しか》られたのだという。

「袋とじ破ってすいませんでした!」

「もうしません!」

二人はまた頭を下げた。

あたしは腕を組んで二人を交互に見た。

「……てか、あんたたち、袋とじ破ったこと以外にも謝ることあるんじゃないの?」

というより、あたしとしては、そちらのほうにムカついているんですけど。

「えとー……それって……」

「ブスっていったことですか?」

「そうよ!」

「や、でも、おねーさん、いつもブスっとした顔で仕事してたから……」

「うん、だからつい、おれたちもブスっていっちゃったっていうか……」

あ……。

「でも、もういいません」と、マイケル。

「うん、なんか今日は、そんなにブスじゃないっていうか……」と、ホイケル。

「だよな。なんなら、ちょっと可愛いよな」

「うん、ちょっとだけな、ちょっとだけ」

「うるさいわね」あたしは顔を少し赤くする。「生意気いうんじゃないわよ」

もういいわよ、行って。

マイケルとホイケルを「釈放」すると、あたしは大きく溜《た》め息《いき》をついた。

年下の子に痛いところをつかれて、ちょっぴり反省モードだった。ブスって、そりゃいわれるよね。いわれて当然の顔してたんだから。

「んがが、よかったじゃないのさ。あんたのこと可愛いってさ」

ココロさんがいった。あたしは小さく笑ってかぶりを振る。

「あたし……」と、聞かれてもいないのに話し始めたあたしの話に、ココロさんはしばらく耳を傾けてくれた。

引っ越してきたこのウォーターセブンという町を好きになれなかったこと。毎日むくれた顔でお店に出ていたこと──

「……完全に閉じちゃってました。人ともあんまり話したくなかったし。でも、フランキーさんが表紙の雑誌が届きだして、少しずつですけど、開いていったっていうか……」

『ゲツフナ』、『ゲツロボ』、『キカハー』と来て、今日の『マンヘン』で久しぶりに声を上げて笑った。

入荷してくる雑誌は、フランキーさんのノックのようなものだったのかもしれない、と今はそう思う。閉じちゃってたあたしの心のドアを、フランキーさんが叩《たた》き続けてくれていたのだ。大丈夫か？　ちょっとはドア開けたらどうだい？　心配いらねえから……って。

で、開けてみたら——変態野郎が立っていたのだ。結果、あたしは大笑い。

でも、よかった。今日笑えたことで、詰まっていたものが一気に流れていった感覚があった。

今なら、あたしはこう思える。

ダンスがしたいなら、こっちでもダンスチームを作っちゃえばいいって。

髪の毛も、まとまんないなら、伸ばして、くくっちゃえばいいし、なんだったらいっそバッサリとショートにしてもいいって。

配達のとき出くわす海賊は相変《あいか》わらず怖いけど、考えてみれば、少しぐらい怖がってあげないと、海賊も立つ瀬がないだろうって。

そんなふうに、パタパタとカードが裏返るように思考が前向きになっていったのは、「……フランキーさんの、おかげです」

そういって、あたしはまたマンヘンの表紙に目を落とす。

よせよ、テレるじゃねーか。フランキーさんがそういっているように見えて、また笑みが込み上げる。

「いろんな顔があるもんさ。人も、町も」ココロさんが静かにいった。「……船大工で、サイボーグで、ハードボイルドで、変態で、でも、それ全部がフランキーって野郎さ」

この町も、同じらよ、とココロさんは続ける。

「確かに湿気は多いし、海賊も来るからおっかない。でもね、人情もあるし、美味《うま》いモンもある」

「はい。あたし、水水《みずみず》アメ、結構好きです……」

「だろ?」

「あと……海列車にも乗ってみたいです」

「そうかい」ココロさんはにっこりと笑った。「きっと気に入るよ。トムさんが、市長のバーグやフランキーと一緒に作った海列車ら」

「あたし……いつか本物のフランキーさんにも会ってみたいな」

もしフランキーさんに会ったら、まずなんていおう。

やっぱり、はじめまして、かな。でも、雑誌の表紙とはいえ、これだけ顔を見ちゃうと、あんまりはじめましてって感じがしないなあ。

そのとき、ふと思った。

「こんなに噂《うわさ》してると、フランキーさん、今頃くしゃみしてるかもしれないですね」

あたしがそういうと、ココロさんがいたずらっぽく笑った。

「一つ、教えてやろうか？　フランキーってやつはね、ちょいと変わったくしゃみをするんだ。こんなふうに——」

＊

〝偉大なる航路《グランドライン》〟の、とある海域——

順風のなかを進むサウザンドサニー号の甲板《かんぱん》で、フランキーがくしゃみをした。

「へ……へ……フランッキィ!」

通りかかったルフィが聞く。

「ん?　どうした?　風邪《かぜ》か?」

「いいや」フランキーはサングラスを額《ひたい》の上にずらすと、太陽に目を細めながらいった。

「たぶん誰かが、スーパーなおれのことを噂してやがるんだろうぜ」

うあああああ
ワオ!! リービー ニーナー サーウス ブル〜♪
チッ チッ チッ♪♪
チッ♫
33番GR《ばんグローブ》 シャボンディパーク内《ない》 ライブ会場《かいじょう》「シャボンドーム」
ブルック!!
わあああああああ
ブルック!!
SK★BROOK WORLD TOUR
ボオオ〜〜ン!!
ハイッ———!!!
ホネだけにィ〜〜〜〜〜!!!
ソウルキングだァ〜〜〜〜!!!
キャー——!!
わあああああああああ!!!
ブルック様《さま》〜〜〜っ!!
タンカを回してくれ!! 失神者続出!!
今日《きょう》は!! 最高《さいこう》のォ〜〜〜!!!
アニヴァーサリーに!! しようぜ〜〜〜〜〜!!!
〝ソウルキング〟ブルック!!!
いや…海賊《かいぞく》ブルック!! 貴様《きさま》をここで逮捕《たいほ》する!!!

"ソウルキング"のメッセージ
コーラス!! ダンサーズ!!
もう一曲《いっきょく》だけ…お付《つ》き合《あ》い願《ねが》うぜ!!
!?
…大丈夫《だいじょうぶ》 私《わたし》の音楽《おんがく》は"力《ちから》"を得《え》たんだぜ!!
ギュイ～ン
わあああ
ドォン!! ドォン!!
SK BROOK WORLD TOUR
そこまでだァ!!! ライブを中止《ちゅうし》しろォ!!!
!!!
最後《さいご》のソウル!!! 聴《き》いてくれ!!! YEAH《イェー》!!!
ルフィさん 行《い》きましょう
ギャアア～ン♪
──ええ 音楽家《ミュージシャン》ブルックは海賊《かいぞく》だったんです!!!
わあああああああ

1

期待に胸を躍《おど》らせる観客のざわめきが、分厚《ぶあつ》い層となってライブ会場の底に漂っていた。

ステージの照明は暗く、まだ〝ソウルキング〟ブルックは登場していない。だけど、僕には――観客にはわかっている。もう、まもなくだと。

すでに開演前のSEは消え、バックバンドは位置についている。

もうすぐあのステージに、大スター、〝ソウルキング〟ブルックが降り立つのだ。

二年前、彗星《すいせい》の如《ごと》くシーンに現れ、瞬《また》く間《ま》にソウル・ミュージック界の頂点にまでのぼりつめた〝ソウルキング〟ブルックの、今日《きょう》はワールドツアー最終日だった。

会場は、シャボンディ諸島33番GR《グローブ》、シャボンディパーク内にある「シャボンドーム」。

数万人は収容できるスタンディングスペースは、もちろん超満員。僕はその最後方辺《あた》りで、人いきれに包まれながら、なんとか自分の場所を確保していた。

お客さんはやはり大人《おとな》の男女が多く、僕ぐらい――十五歳くらいの少年少女は少ない印象だった。まあ、アイドルのコンサートじゃないから、それはそうだろう。

なんにせよ、僕にとって初めて「生」で観《み》る〝ソウルキング〟のライブだった。

本当はもっとステージに近い場所がよかったのだけれど、ぜいたくはいえない。今回のプレミアチケットを入手できただけでもよしとしなければ。

ドックドックといつもより強く胸に響《ひび》く鼓動《こどう》は、ライブへの期待感のせいもあるが、実はそれだけじゃなかった。

これから自分がやろうとしていることが成功するかどうか、その不安のせいでもあった。

僕は、わざと大きめのサイズを選んだ上着の下に手を差し入れた。さっきから何度もその行為を繰《く》り返《かえ》している。

大丈夫なはずだ、これで……。ちゃんとスイッチが押されていることを指の感触で確かめ、僕は小さくうなずいた。

そのとき、ふっと会場の空気が変わるのを感じた。ステージで動きがあったのだ。ドラマーがスティックでカウントを入れ始める。

流れだしたイントロ――一発目の曲は〝骨《ボーン》 to《トゥー》 be《ビー》 wild《ワイルド》〟だった。

ファンキーな代表曲に、観客は一気に大興奮に包まれた。もちろん僕も。

そしてその大興奮は、ステージ中央で〝ソウルキング〟ブルックの姿がライトに照らし出された瞬間、さらなる熱狂へと燃え上がった。


「ハイッ!!! ホネだけにィ〰〰!!!」

「ボォォ〜ン!!」


定番のコール&レスポンスで、早くも失神者が続出し、スタッフが走り回る事態となっている。

一瞬で大観衆を持っていく、〝ソウルキング〟のカリスマ性に、僕はのっけから痺《しび》れていた。

すげえ! やっぱ〝ソウルキング〟ってすげえ!

この興奮、絶対持って帰んなきゃ……!

僕はまた上着の下に手を入れ、そこに仕込んである「音貝《トーンダイアル》」が録音状態にあるかを確認した。

2

激しく視界が揺れ、息が切れそうになる。

ライブの残響を耳に貼《は》りつけたまま僕は走っていた。

すごいライブだった。すごいものを見た――走りながら、僕はしきりに胸の内で繰り返していた。

最高の歌声。最高の演奏。そして、あの衝撃的な「幕切れ」――

アンコール曲の途中で、突然海兵が乱入してきたとき、僕は最初それをライブの演出かと疑った。

でも、演出じゃなかった。

天井に向けて威嚇《いかく》発砲したあと、海兵は手配書を掲《かか》げ、拡声器で告《つ》げたのだ。〝ソウルキング〟ブルックが、実は海賊〝麦わらのルフィ〟の一味であることを。

明かされた驚愕《きょうがく》の事実に、会場中がどよめいた。だが、海兵に銃を向けられながらも、

〝ソウルキング〟はまったく動じていなかった。

謝罪も弁明も口にせず、トレードマークのシャークギターを一度かき鳴らしたあと、彼は高らかにこう宣言した。

「海賊〝麦わらのルフィ〟は生きている!!!」

「いずれ世界の海の〝王〟になる男…!! 奴《やつ》の船出にィ静けさなんざ似合わねェっ!!! OH《オー》 BABY《ベイベー》」

「最後のソウル!!! 聴《き》いてくれ!!! YEAH《イエー》!!!」

シャウトのあと、もう一発ギターをギャアーン！

歌わせるものかと海兵がまた拡声器で怒鳴《どな》りかけたが、観客の激しい抵抗と涙の懇願《こんがん》がそれを封じ込めた。

そして、歌われた曲——〝NEW《ニュー》 WORLD《ワールド》〟

今日がその日だ——
さあ、新しい世界へ——

そう歌う〝ソウルキング〟の歌声は伸びやかで、力強くて、どこまでも自由だった。

でも、僕たちは、その歌声を最後まで聴くことはかなわなかった。最初のサビのあと、突然爆発音が響き、ステージに派手なスモークが焚《た》かれたのだ。

煙が晴れたとき、〝ソウルキング〟の姿はもう消えていた。そしてステージの天井には大きな穴。その穴から、ヨホホホホ、と彼の笑い声が降ってきて、もうそれっきりだった。

突然の幕切れに、僕は気持ちを整理できず、しばらくその場に立《た》ち尽《つ》くしていた。

「空へ逃げたぞ‼　追え‼」

不意に聞こえた海兵の怒声《どせい》で、僕はハッと我に返った。

会場内は、観客と海兵が入り乱れ、大混乱に陥《おちい》っている。

僕は上着の上から「音貝《トーンダイアル》」のふくらみを押さえると、目についた出口に向かって歩きだした。やましさが僕の歩調を速め、会場を出るとすぐに駆け足になった。

僕は走った。一刻も早く会場を離れるために。

そして——一刻も早く、あいつに会うために。

激しく揺れる視界の先に、ようやくあいつのいる病院が見えてきた。

3

病室に入ると、妹はベッドの上で体を起こしていた。

「お兄ちゃん！」

僕の顔を見ると、妹は微笑《ほほえ》んだ。顔色はあまりよくないが、もっと悪いときを知っているので、今日はまだマシなほうだといえた。僕は「よっ」と手をあげて応《こた》えた。

病室には薄く音楽がかかっていた。サイドテーブルにＴＤの再生機があり、音はそこから流れている。〝ソウルキング〟のＴＤで、曲はしっとりとしたソウルバラードだった。

「個室なんだから、もうちょっと大きな音で聴けばいいのに」

僕はベッドの横の椅子《いす》に腰かけながらいった。

「いいの。それより、どうだった、〝ソウルキング〟のツアーファイナル」

妹が音楽を止め、身を乗り出してくる。

「ああ」僕はうなずいた。「……最高だったよ」

「最初の曲はなんだった？」

「もちろん、〝骨《ボーン》 to be wild〟」
「やっぱり！　そうだと思ったんだ！」
話しながら、妹の顔が血色を取り戻していくのがわかった。どんな薬よりも、どんな食事よりも、〝ソウルキング〟の話をして、〝ソウルキング〟の音楽を聴くほうが、今の妹は元気になれるのだ。

妹は今年で十二歳になる。が、少なく見積もっても、そのうち半分の年数は病院のベッドで過ごしているはずだった。生まれたときから体が弱く、医者から激しい運動を止められてきた。学校も休みがちで、過ごす場所といえば家か病院だった。遠出もできず、運動もままならない妹は、いつしか音楽を聴くことで、自分の気持ちを慰《なぐさ》めるようになっていった。読書や絵画とかではなく、音楽を趣味としたのは、もともと僕が音楽好きだったことも多少は影響しているだろう。

妹はどんなジャンルのものも分《わ》け隔《へだ》てなく聴き、気に入ったアーティストのＴＤは擦《す》り切《き》れるほど繰り返し聴いていた。そんな妹が、今一番愛し、一番聴き込んでいるアーティストが、〝ソウルキング〟なのだった。

〝ソウルキング〟のツアーの日程が発表され、その最終地が、ここシャボンディ諸島だと知ったとき、妹は絶対にライブに行くといい張った。その頃はまだ入院しておらず、自宅で療養していたのだ。チケットも、なんとか一枚だけは入手することができた。

が、それからしばらくして妹は体調を崩《くず》し、入院することになった。外出許可をもらってでも行く、と妹は望みをつないだが、主治医の先生は許可を出さなかった。

妹は泣いたし、僕も辛《つら》かったが、先生を責《せ》めることはできなかった。長時間のライブを、付《つ》き添《そ》いもなしで、立ったまま観ることは、今の妹の体力では到底無理な話だった。

「お兄ちゃん、行ってきてよ、〝ソウルキング〟のライブ」

涙を拭《ふ》いたあと、妹はそういった。僕はためらったが、せっかくのプレミアチケットを他人に譲《ゆず》るくらいなら、身内である僕に行ってほしい、と妹は繰り返した。

「それに、お兄ちゃんだって、〝ソウルキング〟大好きでしょ」

大好きだった。

大好きだったからこそ、僕はライブの感動を妹にも分けてあげたいと思った――思ってしまったのだ。

「あーあ、なんだか、お兄ちゃんの話聞いてたら、ウズウズしてきちゃった。ＴＤ流してもいい？」

妹がいって、サイドテーブルの再生機に手を伸ばそうとした。

「あ、待った」と、僕は妹を制した。「そのＴＤよりか、もっといいものがあるぞ」

「え？」

きょとんとする妹に、僕は上着の下から「音貝《トーンダイアル》」を取り出して見せた。

「お兄ちゃん、それ……」

妹の顔がさっと強張《こわば》った。僕がなにをしたのかを、すぐに察したのだろう。僕は胸にチクリと痛みを感じた。

だよな、と思う。音楽を愛する妹が、ライブ会場での録音行為をよしとするはずがない。

わかってる。わかってるんだよ、僕だって。でも、どうしても僕は——

「ま、まあ、服の下だったからさ！　綺麗《きれい》に録《と》れてるとは思えないんだけど、そのー、雰《ふん》囲気《いき》だけ？　ライブの雰囲気だけでも、お前に味わってもらおうかなーと思ってさ！　はは、ま、気楽に聴いてもらえたら、たスカルかな、骨だけに！　ははっ」

無理に笑顔を作り、口早に僕はいった。でも、妹は笑っていなかった。う、と僕は怯《ひる》みそうになる。でも——

聴かせちゃえばいい。そう思った。とにかく一回聴かせてしまえば、ライブの感動で妹も笑顔になってくれるはずだ。僕は気まずさを一旦《いったん》忘れて、「音貝《トーンダイアル》」の再生スイッチを入れた。

「音貝《トーンダイアル》」から音は、しかし流れてこなかった。ガサガサという衣擦《きぬず》れの音も、サーッというノイズのような音も、なにも聞こえてこない。

「……あれ？」

僕はもう一度スイッチを入れ直した。だが、やはり音は流れてこない。

「ちょ、嘘《うそ》だろ？　なんで録れてないんだよ……！」

僕は焦《あせ》って、何度もスイッチを入れ直したり、「音貝《トーンダイアル》」を振ってみたり、息を吹きかけてみたりした。が、なにをどうやっても結果は同じだった。無音。

あんのオヤジ……!!　僕は先週訪《たず》ねた路地裏の古物商《こぶつしょう》の顔を思い浮かべた。

——外側は古びてるけど、普通に録音して再生するぶんには問題ないよ、うん。

……なんてヌカしたくせしやがって、全然ダメじゃないか、この「音貝《トーンダイアル》」！

おかしい。店頭で試しに録音してみたときは、ちゃんとうまくできてたのに……。

結局、不良品を摑《つか》まされたということなのだろう。思い返せば、店の佇《たたず》まいも店主の顔もどこか怪《あや》しげだった。なにも知らない子どもが、必死に貯めたお小遣《こづか》いをインチキ店主に巻き上げられた、というだけの話だ。

いや、あるいはそうではなくて――

音楽の神様が僕の行為を咎《とが》めて、本当はちゃんと動くはずだった「音貝《トーンダイアル》」の機能を止めてしまった……とか？

だけど、仮にそうだったとしても、僕はあきらめきれなかった。

一回。せめて、一回でいい。雑音混じりでもいい。今日のライブ、今日の〝ソウルキング〟の歌声を妹に聴かせてやりたかった。それで妹は元気になってくれるはずだから。

「くそっ、なんでだよ！　なんでだよ！」

しつこくスイッチを入れ直す僕に妹がいった。

「もういいよ、お兄ちゃん」

「だってさ！」

妹の顔を見ると、弱々しく微笑んでいた。

「ほんとに……お兄ちゃんの気持ち、嬉《うれ》しい。ありがとうね」

鼻の奥がツンと痛んだ。くそ……。最低だ。おれ、最低……。

勝手に「音貝《トーンダイアル》」を会場に持ち込んで、びくびくしながら録音して、でも結果、音は鳴らなくて、妹をいろんな意味で失望させて……ほんと、最低。

こんなことなら、堂々と、晴れ晴れと〝ソウルキング〟のライブを楽しめばよかった。

せっかく妹に譲ってもらったプレミアチケットを汚《けが》してしまったような気分だった。

「ごめんな。……ぬか喜び、させちゃって」

「いいって。それに、やっぱり、いけないことだし」

「……うん。……や、でもさ……」僕は顔をうつむけていった。「……やっぱり、聴いてほしかったよ。だって――」

少しためらったが、結局僕はいった。

「だって、〝ソウルキング〟はたぶん、もうステージには戻ってこないから……」

妹が目を瞬《しばたた》かせた。「どういう、こと？」

僕は話した。あの衝撃的な幕切れ――空へ飛び去った〝ソウルキング〟のことを。

言葉にして、声に出して伝えると、ライブ会場にいたときは感じなかった喪失感《そうしつ》が胸に広がった。それと同時に、少し恨《うら》めしい気持ちも。

ほんとに、ほんとにもう終わりなのかよ〝ソウルキング〟。

あんたはもう、おれたちに、歌声を届けてくれないのかよ……。

ここに、あんたのことが好きで、あんたの歌が大好きで、でも今日のライブに行けなくて、ずっとベッドの上にいた女の子がいるってのにさ、あんたはもう……。

「……そっか」

やがて聞こえた妹の声に、僕はおそるおそる顔を上げた。

妹は病室の窓へ視線を向けていた。上向きの視線は、その先の空に〝ソウルキング〟の幻《まぼろし》でも見ているのだろうか。その表情は、でも恐れていたほど暗いものではなかった。

「じゃあさ」ややあって、妹が僕に向き直った。「代わりに今日はお兄ちゃんの歌、聴かせてよ！」

「……へ？」

「今日は私、お兄ちゃんの歌を聴きたい気分」

妹はそういって、にっこり笑った。

「え、お、おれの？　や、だけど……」

「いいじゃん、ギターもあるし」

妹の目が、病室の隅《すみ》に置かれたギターに向けられる。

僕のギターだ。

ミュージシャン志望……というのも憚《はばか》られるくらいギターの腕前も歌唱力もないけれど、目指《めざ》すのは勝手だ。そう、僕は、ミュージシャン志望……なんだけど、まだ妹の前で歌ったことはなかった。というか、誰の前でも。

病室にギターを持ってきてはいるが、弾《ひ》くのは妹が検査のために別室に行っているときだけ。弾き語りをせがまれたことは何度もあるけど、もうちょっとうまくなってから、と僕はそのたびに逃げ続けていたのだ。

「でも、おれ——」

と、いつものようにかわそうとした僕は、その先の言葉を飲み込んだ。

妹がまっすぐ僕を見つめている。今日は逃げないで、とその目が告げている。

僕は——腹をくくった。歌おう。今日は。妹の前で歌えないで、なにがミュージシャン志望だ。

「……わかったよ」

僕はいうと、部屋の隅に行き、スタンドからギターを取って、元の椅子に戻った。

ギターを構《かま》え、なにを歌おうか考えた。といっても、レパートリーはさほどない。この部屋に入ってきたときに流れていた曲にしよう、と決めた。あの、〝ソウルキング〟のバラードは、比較的コード進行も簡単だったはずだ。

咳払《せきばら》いして、弦《げん》を押さえ、イントロを弾こうとした瞬間だった。

う……やっぱ自信ねえ……。

歌おうと決めたはずの心が霧散《むさん》して、またいつもの弱腰の自分が戻ってきてしまった。

ミスったら、どうしよう……。左手のポジションを見る。指の位置、これでいいんだっけ。おでこの辺りに、妹の視線を感じて熱い。

ごめん。やっぱ今日なし——という言葉が喉元《のどもと》まで上がってきた。が、それをいうのは演奏をミスするよりも恥ずかしい気がした。でも、肩が強張って、まともに弾ける気がしない。

くそ……。僕に、〝ソウルキング〟の何万分の一でもいい、技術があれば。あんなふうに堂々と歌える勇気があれば——

そのとき、ふと僕の脳裏《のうり》に差し込んできた言葉があった。

今日がその日だ――

さあ、新しい世界へ――

〝NEW WORLD〟のテーマだ。〝ソウルキング〟の伸びやかな歌声も鮮明に蘇《よみがえ》ってきた。

新しい世界へ――胸の内で呟《つぶや》くと、不思議なことに肩の強張りが軽くなっていた。

新しい世界へ――もう一度繰り返すと、手首に入っていた余計な力も抜けていった。

そうか……と、霧が晴れるような感覚が僕のなかに生まれていた。

今、受け取ったような気がしていた、〝ソウルキング〟からのメッセージを……。

海軍が踏み込んできたとき、〝ソウルキング〟はすぐにでもあの場から脱出することができたはずだった。でも、彼はそうせず、〝NEW WORLD〟を歌った。

彼は船長ルフィに伝えようとしたのだ。さあ、今日が船出の刻《とき》です、と。

「ライブ会場」から、「冒険の海」へ、ステージを移る前に、彼は船長へのメッセージを託した、あの歌をうたっておきたかった。音楽家であり、海賊でもある、それが彼の作法だったのかもしれない。

と同時に、彼は僕たち観客にもメッセージを送ってくれていたのだ。

おれはおれの冒険に戻るぜ。お前たちも、自分の冒険に出発するんだぜ。

だったら、僕も――

今日はちゃんと歌わなきゃ。

一度深呼吸すると、僕は左手のポジションを変えた。歌う曲を変えることにしたのだ。

〝ソウルキング〟の曲じゃなく、ヘタクソだけど自分で作った、オリジナル曲にする。

新しい世界に行こうって日だ。こんな日は、人の歌じゃなく、自分の歌をうたうほうがふさわしいに決まっている。

イントロのアルペジオ。最初の一音を鳴らした瞬間は、小さな舟で海に漕《こ》ぎ出《だ》したような気分だった。でも、もう怖《こわ》くはなかった。

途中、ちゃんと鳴らないコードもあった。――**気にするなだぜ。**

声も掠《かす》れたところがあった。――**むしろカッコいいぜ。**

音程が外《はず》れたところもあった。――**かえってファンキーだぜ。**

歌詞の表現もきっと幼いだろう。――**それが肉声ってもんだぜ。肉はないけど。**

でも、僕は自分の歌を堂々と弾き語った。

演奏しながら、不思議なことだが、〝ソウルキング〟の応援を受けているような感覚があった。

最後のコードを鳴らし、その余韻《よいん》が空気に溶《と》けていくのと入れ替わりに、拍手《はくしゅ》の音が病室に響いた。

顔を上げると、妹が瞳《ひとみ》を潤《うる》ませて手を叩《たた》いていた。

「いい歌だったよ、お兄ちゃん！　かっこよかった！」

「……ありがとう」

今になって照《て》れ臭《くさ》さと恥ずかしさが込み上げてきた。でも、いい。今日は歌えたのだ。ヘタクソなりに、最後まで。

「ほんと、いい歌だった！　魂《たましい》が……ううん、テヤマスィーが震える歌だったよ！」

妹がいい直したので、僕は思わず笑った。

たった一人の観客に向けた、僕の「初ライブ」は——まあ、ひとまず成功ということにさせてもらおう。

あ、そうだ。

アーティストって、ライブのとき、歌をうたうだけじゃなく、ＭＣもやるもの。

僕も、ここで一言《ひとこと》いっておくことにした。たった一人の観客に向けて。

「なあ、元気になったらさ……ていうか、お前は絶対に元気になるんだけどさ、そうしたら、たくさんライブ行って、たくさん音楽聴こうな」

そこにはきっと、新しい世界が待っているから。

たった一人の観客は、元気いっぱいのレスポンスを返してくれた。

「うん！」

尾田栄一郎　熊本県出身。
'97年「週刊少年ジャンプ」34号より『ONE PIECE』を連載開始。

大崎知仁　広島県出身。
小説家・漫画原作者。吉本新喜劇の脚本・演出なども手がける。

ONE PIECE novel
麦わらストーリーズ

初出／『ONE PIECE magazine』Vol.1～3に連載したものに、
加筆修正、書き下ろしを加えたものです。

2017年11月7日　第1刷発行
2024年4月24日　第7刷発行

著者　尾田栄一郎　大崎知仁

編集　株式会社　集英社インターナショナル
〒101-8050　東京都千代田区一ツ橋2-5-10
TEL 03-5211-2632（代）

装丁　シマダヒデアキ　浅見ダイジュ
（ローカル・サポート・デパートメント）

編集協力　添田洋平
（つばめプロダクション）

編集人　千葉佳余

発行者　瓶子吉久

発行所　株式会社　集英社
〒101-8050　東京都千代田区一ツ橋2-5-10
TEL 03-3230-6297（編集部）
03-3230-6080（読者係）
03-3230-6393（販売部・書店専用）

印刷所　中央精版印刷株式会社

ISBN978-4-08-703434-9　C0093
検印廃止